법정

1932년 전라남도 ⬛⬛⬛⬛⬛⬛⬛⬛⬛⬛⬛⬛⬛⬛년 서울 선학원에서 효봉 스님을 만⬛⬛⬛⬛⬛⬛⬛⬛ 이듬해 사미계를 받고 1959년 통도사에서 비구계를 받았다. 1959년 해인사 전문강원에서 대교과를 졸업했다. 1960년 봄부터 이듬해 여름까지 통도사에서 운허 스님과 더불어 불교사전을 편찬했다. 경전 편찬 일을 하던 중 함석헌, 장준하 등과 함께 민주수호국민협의회를 결성하고 민주화 운동에 참여했다. 1975년 인혁당 사건 이후 본래의 수행승의 자리로 돌아가기 위해 송광사 뒷산에 불일암을 짓고 홀로 살았다. 세상에 명성이 알려지자 1992년 아무도 거처를 모르는 강원도 산골 오두막으로 다시 떠났다. 불교신문 편집국장, 송광사 수련원장, 보조사상연구원장 등을 역임했고, 1994년 시민운동 단체 '맑고 향기롭게'를 만들어 이끌었다. 1996년 서울 성북동의 대원각을 시주받아 이듬해 12월 길상사로 고치고 회주로 있다가 2003년 12월 회주직에서 물러났다. 2010년 3월 11일 법랍 55세, 세수 78세로 길상사에서 입적하였다.

저서로 〈무소유〉〈말과 침묵〉〈산방한담〉〈텅빈 충만〉〈물소리 바람소리〉〈버리고 떠나기〉〈인도 기행〉〈새들이 떠나간 숲은 적막하다〉〈그물에 걸리지 않는 바람처럼〉〈산에는 꽃이 피네〉〈오두막 편지〉〈아름다운 마무리〉 등이 있으며, 법문집 〈일기일회〉〈한 사람은 모두를, 모두는 한 사람을〉을 출판했다. 역서로 〈불타 석가모니〉〈깨달음의 거울: 선가귀감〉〈진리의 말씀: 법구경〉〈숫타니파타〉 등이 있다.

간다, 봐라

간다, 봐라

법정 스님의 사유 노트와 미발표 원고

법정 스님

리경 엮음

김영사

임종게

"스님, 임종게를 남기시지요."

"분별하지 말라.
내가 살아온 것이 그것이니라.
간다, 봐라."

• 일러두기

1. 법정 스님의 글을 원문 그대로 옮겼습니다.
2. 인용문의 출전은 법정 스님의 노트 그대로 옮겨 엮되, 내용 이해에 필요한 일부 경우에
   한정하여 엮은이가 주를 달았습니다.
3. 원문의 한자 가운데 널리 쓰는 말은 한글로 바꾸었고, 한자 표기가 필요한 경우에만
   병기하였습니다.

차
례

새소리 바람소리

산거일기

—
마르지 않는 산 밑의 우물
산중 친구들에게 공양하오니
표주박 하나씩 가지고 와서
저마다 둥근 달 건져 가시오

—
한낮에는 무덥고 밤에는 시원하고 맑은 달.

　오늘은 참으로 고마운 날이다. 오랜만에 청명한 달밤을 맞이하다. 달빛이 좋아 잠옷 바람으로 뜰에 나가 후박나무 아래에 놓인 의자에 앉아 한참을 보냈다.

　앞산에 떠오른 열이레 달이 가을달처럼 맑고 투명했다. 달빛을 베고 후박나무도 잠이 든 듯 미풍도 하지 않다가 이따금 모로 돌아눕듯 한 줄기 맑은 바람이 스치면 잎새들이 조용히 살랑거린다. 하늘에는 달빛에 가려 별이 희미하게 듬성듬성 돋아 있다. 아까부터 쏙독 쏙독 쏙독 쏙독새(일명 머슴새)가 이슥한 밤을 울어예고 있다.

　달과 나무와 맑고 서늘한 밤공기 속에 나는 산신령처럼 묵묵히 앉아 맑고 조촐한 복을 누렸다. 홀로이기 때문에 이런 복을 누릴 수 있음에 감사한다.

―

나무는 저마다 져야 할 짐이 있었고 자신을 지켜야 했다. 그러기에 그들은 자기 고유의 모습과 특유의 상처를 갖고 있었다.

곧 여름이 된다. 새로운 소리들과 새로운 향기들과 새로운 빛깔들이 숲을 채울 것이다.

―

저녁 예불, 오랜만에 운판으로 종송鐘頌도 하고 목탁 치며 분향례焚香禮 드리다.

조석朝夕으로 거르지 말고 정진할 것.

촛불 두 자루 켜고 탁상용 랜턴 켜니 아쉬운 대로 글을 읽고 쓸 수 있겠다.

개울물 소리! 소쩍새 소리 간간이 들린다.

그윽해서 좋다! 아무에게도 방해받지 않고 내 식대로 살 수 있어 좋다.

(오후에 오토바이 타고 산길을 오르는 두 젊은이, 처음 있는 일)

—

목욕하는 것은 몸에 아주 이롭다. 나는 요사이 큰 통을 하나 만들어 여기에 물을 가득히 붓고 목욕하는데 썩 상쾌하다.

소식蘇軾의 시詩에

삼나무에 옻칠한 목욕통
강물이 넘친다
본래 없던 그대
씻으니 더욱 가벼워

—

좋은 아침. 맑은 햇살과 순수한 아침의 청량한 공기는 영혼을 밝혀준다. 이 좋은 아침시간을 보다 알차게 누릴 것.

밀화부리가 운다. 이 새를 휘파람새라고 하는데, 밀화부리가 내 언어감각에는 익숙하다.

오후에는 풍신風神이 동하는지 꼭 바람이 일어난다. 군불 지피는데 지장. 불 지피는 시간을 조절해야 될까 보다.

해거름에 채소밭에 김매다. 재미를 붙이자.

내일은 4시에 하산.

一

先有此菴	선유차암
方有世界	방유세계
世界壞時	세계괴시
此菴不壞	차암불괴
菴中主人	암중주인
無在不在	무재부재
月照長空	월조장공
風生萬籟	풍생만뢰

먼저 이 암자 있은 뒤에
비로소 세계가 있었으니
세계가 무너질 때에도
이 암자는 무너지지 않으리
암자 안의 주인이야
있고 없고 관계없이
달은 먼 허공을 비추고
바람은 온갖 소리를 내노라

호주 하무산湖州 霞霧山에 계신 석옥 청공(76세)이 1347년 태고암
가太古庵歌에 붙인 글.

간다, 봐라

고려 말 태고 보우太古 普愚 선사가 중국에 가서 선승 석옥 청공石屋 淸珙을 만나 태고암가太古庵歌를 보여주니, 석옥 청공 스님이 "참으로 공겁空劫 이전의 소식을 얻은 것으로 태고太古라는 이름이 틀리지 않았노라" 하며 위와 같은 발문을 지어 노래에 화답하였다고 함.

—

전국에서, 특히 남해안 일대에서 비 피해.

점심공양 후 헌식獻食하다. 오랜만에 다시 시작하다. 이 법계에 있는 배고픈 중생들이 공양 받고 배불러서 고뇌에서 해탈할지이다.

따뜻한 방 안에서 비 내리는 소리 들으니 좋다. 개울가에 돌로 눌러 채워놓은 김치통 개울물 불어나기 전에 서둘러 들여놓다. 이 산중에서 김치는 그야말로 금金치다.

될 수 있는 한 시은施恩을 덜 지고 살 것.

낮에는 배춧국 끓여먹다.

—

아침나절 아래 절에 내려가 학인들에게 〈숫타니파타〉 강의. 수행자는 무소의 뿔처럼 홀로 가라는 교훈.

올라오는 길에 비를 만나 젖은 옷을 벗어 방바닥에 널어 말리다.

거센 비바람, 속옷 바람으로 있으니 뼛속까지 홀가분하다. 옷이란, 끼어입는 옷이란 얼마나 거추장스러운 껍질인가. 할 수만 있다면 아무 것도 걸치지 않고 발가벗은 영혼 그대로 살았으면 좋겠다.

—

거센 바람에 섞여 비 뿌리는 소리, 가을 냄새를 풍긴다. 또 가을이 온다. 맑고 투명한 계절에 내 영혼도 맑고 투명하게 다스릴 일이다.

언제부터 다실 벽장문 여닫을 때마다 뻑뻑해서 애를 먹었는데, 밤에 떼어서 대패로 깎아내고 조각도로 밀어내니 부드럽게 여닫힌다. 진작 떼어서 고칠 것을. 책 보다 말고 다실에 건너가 몇 차례 부드럽게 여닫히는 벽장문 음미.

—

새들이 먹지 않는 열매는 함부로 입에 대지 않는 게 좋다.

—

산중에서 홀로 살면 사람은 청각이 아주 예민해진다. 이것은 사람만이 아니라 짐승도 그럴 것이다. 원시적인 감각. 낯선 소리에 자기방어 본능이 생겨 긴장한다.

산중 은거자의 귀는 자신을 에워싸는 세계를 먼저 귀로 받아들인다.

바람소리

개울물소리

새소리

가랑잎 지는 소리

삭정이가 꺾이는 소리

노루 우는 소리

풀벌레 소리

짐승의 발자국 소리

벌이 붕붕거리는 소리

곤충이 창호에 부딪치는 소리…

—

한가로이 거니는 것, 그것은 시간을 중단시키는 것이 아니라 시간에 쫓겨 몰리지 않고 오히려 시간과 조화를 이루는 행위다. 그것은 (시간에) 구애받지 않는 자유로움이다.

밥 먹은 뒤에는 천천히

백 보 가량 걸을 것이다

가슴, 배, 겨드랑이를

두 손으로 쓰다듬으면서

환갑이란 말이 내게는 도무지 실감이 가지 않는다. 언제까지고 자신이 젊다고 생각하지 않지만, 그렇다고 노인이 되었다고는 생각하지 않는다.

내 삶을 되돌아보더라도 50살 이후의 인생 쪽이 20대와 30대 무렵보다도 진짜로 살고 있다고 느껴진다. 젊었을 때는 자신을 잘 모른 채 어영부영 지내면서 삶을 즐기기보다 세상과 맞서 싸운다는 생각이 강했었다. 그러나 50이 지나서는 죽음에 대한 것을 의식하면서 자기답게 사는 일이 겨우 이루어질 수 있었다고 생각된다. (죽음이 삶을 조명하고 받쳐준다)

어쨌든 내가 누구를 위해서가 아니라 나 자신을 위해서 지금 살고 있다고 생각하게 된 것은 50을 지나서부터다.

외떨어진 산중의 암자 생활은 삶의 행태로서 최소한의 것이기 때문에 불편한 것이 한두 가지가 아니다. 그와 같은 환경에서 생을 비참하게 하는 것도 풍성하게 하는 것도 거기 사는 사람의 마음가짐에 달렸다.

이따금 나의 토굴, 나의 방 안에서 가만히 있는 것을 나는 즐긴다.

—

가을이 되어 잡초도 저마다 씨를 머금고 있다.

종족을 보존하기 위한 생명의 신비!

—

신선神仙이 따로 있는가.

산에 사는 사람이 신선이지.

사람 인ㅅ변에 메 산山이 곧 선仙.

그러니 산에 사는 사람이 신선 아니겠는가.

더구나 요즘같이 황폐된 도시로 뒤범벅이 된 시대에는.

—

장작 팰 일과 군불 지필 일이 없다.

뭔가 빠져나가는 것 같다.

퇴화되는 것 같다.

육체적인 활동이 줄어들수록

사람은 관념적인 인간이 되어간다.

—

일하는 습관, 건강을 관리하는 습관, 공부하는 습관.

—

지금까지는 세상에 너무 드러났으니, 이제부터는 산중의 나무나 바위처럼 살 것.

　有時高 峰頂立　　유시고 봉정립
　有時深 海底行　　유시심 해저행

　길상吉祥의 의무에서도 한 걸음 물러설 것.

위 한문은 '때로는 높이높이 우뚝 서고 때로는 깊이깊이 바다 밑에 잠기라'는 뜻.

—

오랜만에(열이레 만에) 돌아온 옛 보금자리인데도 마음이 붙지 않는다. 수류산방과 분원 쪽에 마음이 가 있기 때문일까. 이제 조계산과는 인연이 다된 모양인가. 살 만큼 살았으니(17년이나) 그럴 법도 하다. 안이한 일상과 타성에서 벗어나 새롭게 시작할 일이다. 산다는 것은 새로운 시작이고, 그 시작을 통해서 삶의 활기를 되찾을 일이다. 활기 없는 삶은 죽은 거나 마찬가지. 사흘 쉬고 내일은 다시 그 시작의 세계로 떠난다.

산석영정중월 山夕詠井中月

山僧貪月色　산승탐월색
汴汲一瓶中　병급일병중
到寺方應覺　도사방응각
瓶傾月亦空　병경월역공

산속의 스님 달빛이 너무 좋아
물병 속에 함께 길어 넣었네
절에 돌아와 뒤미처 생각나서
병을 기울이니 달은 어디로 사라져버렸네

－이규보

——

泉聲中夜後　천성중야후
山色夕陽時　산색석양시

시냇물 소리는 한밤중이요
산빛은 해질녘이라

－〈허당록虛堂錄〉에서

시냇물 소리는 한밤중의 것이 그윽해서 들을 만하고,
산빛은 해질녘이 되어야 볼 만하다는 뜻.

산거山居

명리名利를 원치 않고 가난을 걱정하지 않고
은거하여 깊은 산속에서 속세를 멀리한다.
세모에 날씨는 춥고 누가 친구가 될 것인가.
매화꽃 한 떨기 달빛에 비춰 새롭도다.

적실 선사의 시 중 가장 유명한 것이라는데…

• 적실寂室(1290-1367): 14세기 일본의 선승. 수행을 위해 평생 여행을 했고,
  만년에 이르러 산중에 영원사永遠寺라는 절을 창건했다.

조선중기 이달李達의 오언절구

佛日庵 贈因雲釋   불일암 증인운석
불일암 인운 스님에게 바치다

寺在白雲中   사재백운중
白雲僧不掃   백운승불소
客來門始開   객래문시개
萬壑松花老   만학송화로

절이 흰 구름 속에 있기로
구름이라 스님은 쓸지 않아
바깥 손 찾아와 문을 열어보니
온산의 송화는 이울었네

—

11월 1일 (木) 맑음
요 며칠 사이 밤으로 달빛이 참 좋다. 구름 한 점 없는 청명한 밤하
늘에 떠 있는 달, 그리고 그 달빛 아래 벌거벗은 후박나무 길게 누
워 있다.

그토록 무성하던 잎을 미련 없이 훨훨 떨쳐버리고 빈 가지로만
남아 달빛을 받고 뜰에 누워 있다.

요즘 새벽 예불 끝 좌선 시간에 촛불을 켜 들면 마음이 한결 아
늑하고 푸근해진다. 명상하는 데는 조명이 아주 중요한 몫을 차지
하는 것 같다.

어제 밤부터 접시에 기름(식용유)을 부어 불을 켜니 촛불보다
한결 맑고 그윽하다. 아, 이런 조명 아래서 우리 조상들은 선량한
순박한 심성(정서)을 닦아 왔겠구나.

새로운 발견!

1 · 4 · 木 ·

맑음 밝상 8시 20분 東嶽 出發.
다시 추워졌습니다.

9 아침에 재취다. 아이를 올라갈때
사랑에 해주가 16일 냈어서 해취웠다
(거지 나는 내가 머리 무엇을 한 일을
났고 끝이하지 않는다. 이 일을
명심할 것. (내가 할수 있을 일을
솔솔 할것이지 남에게 의존하지
말것. 우정이란 무엇고? 그너
에게 주어진 일을 남에게 떠넘기지
않고 자신이 하는 일이다.

시험에 것가 차며 붙이
잘 들입지 않는다. 꿈부 살태일
때 욕심이 재밌나고 많지 잘되고
순했다 된다.

너를 깊어고 차 바네다.

—

1. 4 (火)

맑은 햇살 8시 30분 동령東嶺 일출. 다시 추워졌다.

아궁이에 재치다. 아이들 올라오면 시킬까 하다가 선뜻 나서서 해치우다. 먼지 나고 내가 머리 무거워 하는 일은 남도 좋아하지 않는다. 이 일을 명심할 것. 내가 할 수 있는 일은 손수 할 것이지 남에게 의존하지 말라. 수행이란 뭔가? 자기에게 주어진 일을 남에게 떠넘기지 않고 자신이 하는 일이다.

아궁이에 재가 차면 불이 잘 들이지 않는다. 공복 상태일 때 음식이 제맛 나고 또한 제대로 소화된다.

샘물 길어다 차 마시다.

—

5월 30일 (水) 흐림

귀산歸山. 초록 천지. 그 사이 물 흐르고 꽃(모란) 남아있네. 학수씨 고추모 심어 물(스프링클러) 대놓았다.

피곤하고 약간 허전.

군불 지피고 청소. 불 잘 들여 다행.

5. 31 (月) 맑음

새벽
종소리 배고 재료가 4시에 기상. 새벽
녁에는 추워서 (등이 시려서) 길이 잠들지
못했다.   아침이 오기는 시간에 초병은 잠을
해내지 않으도, 아랫 목반 따뜻고 윗목는 불기운
이 제대로 닿지 않느듯.   아침이를 길게
내의 불꽃이 부드에게 돌아록 해야 되겠
재...대로 개셨가 신체나 불기운이 적어
아랫목반 따뜻게고 윗목는 차다.

술었다고 목탁 빠르리 내면에 예물드린다.
튼만 빤에 공양에 저녁 느낀다.

가볍그게고 낮은 한 재목들 똥똥으로 해고
궄게를 태다.   시냇물에 따고 썩어 내고
가을에서 따뜻게 젖은 듯 뺐다.   오늘
하루 튼실히 시냇물 내지 않았다. 좋다.

낮축 차도 한것 내시고 오늘에는
실빨 한다.

초록을 마신다!
눈으로 마시고 코로 마시고 입으로 마시고~.

박항률의 그림 낮꿈白日夢 반갑네.

생각만으로 글이 써지는 것은 아니다. 마음에 드는 필기구와 종이
의 형태와 질, 그리고 기분이 하나가 될 때 글이 된다. 만년필 없으
니 글 쓸 기분 안 나네.

뒷골짜기 산책. 짐승 잡는 덫꾼들의 발자국밖에 없는 호젓한 길.
이거 산친구들아, 못된 인종들에게 붙잡히지 않도록 깊이깊이 은
신해라.

—

5. 31 (월) 맑음
시냇물 소리 베고 자다가 4시에 기상. 새벽녘에는 추워서 (등이 시
려서) 깊이 잠들지 못했다. 아궁이 고치는 사람이 큰 방은 일을 해
보지 않은 듯. 아랫목만 더웁고 웃목은 불기운이 제대로 닿지 않는
듯. 아궁이를 길게 내어 불꽃이 부드럽게 들이도록 해야 하는데,
짧은데다 경사가 심하니 불기운이 채어 아랫목만 뜨겁고 웃목은
차다.

종송鐘頌하고 목탁 소리 내면서 예불드리다. 오랜만에 도량道場에 사는 느낌.

  집 고치고 남은 헌 재목들 톱으로 켜고 도끼로 패다. 시냇물에 땀 씻어내고 직석에서 땀에 젖은 옷 빨다. 오늘 하루 온전히 사람 꼴 보지 않았다. 좋다.

  차도 한잔 마시고 오후에는 삭발하다.

  1989. 6월 14일 (水) 비

  오랜만에 누리는 한적閑寂!

  다실에서 차 마시면서 바람기 없이 내리는 빗소리 듣고 있으니 참으로 좋네. 듣는다는 것은 아주 중요한 삶이다. 이 한적을, 맑은 고요를 무엇에 비기리.

  마루에 의자 위치를 옮겨놓고 그 위에 정좌하여 비에 젖은 태산 목 꽃을 바라보다. 다섯 송이가 피어 있고 정결한 그 모습이 물 위 에서 피어난 흰 연꽃 같다. 꽃을 말없이 바라보고 있으면, 저 꽃과 내 자신이 아득한 세월 속에 함께 살아온 인연 있는 이웃임을 실감 할 수 있다.

  태산목은 나무에 피어나는 꽃 중에서 가장 고상한 기품을 지니 고 있는 것 같다. 사람도 저 꽃 같은 기품을 지닐 수는 없을까? 맑 고 향기롭고 기품이 있는 저 꽃처럼 살아가려면 우선 동물적인 속성부터 떨쳐버려야 한다.

비 내리는 소리 들으면서 밀린 사신私信들 쓰다.

편지 문체는 간결해야 한다. 무슨 말을 하려고 하는지 알아들을 수 없이 있는 소리 없는 소리 늘어놓고 쓰면 받아보는 이에게 곤욕을 끼친다.

긴 편지는 읽어보기 전에 부담감부터 갖게 된다. 그리고 글씨는 정중하게 써야 한다. 쓰는 자신밖에 알아볼 수 없는 글씨는 읽어가는 데 적지 않은 인내력이 따라야 한다. 일 많은 이 바쁜 세상에 누가 그런 신 추사체를 읽어낼 수 있을 것인가.

내가 붓글씨로 편지를 쓸 때는 안팎으로 가장 한적할 때, 그리고 받아볼 사람이 정답게 다가설 때 한해서다.

—

8월 25일 (日)

수류산방水流山房

좋은 아침. 맑고 투명하고 충만한 아침.

어제 밤과 오늘 아침 같은 날씨는 한 해를 두고도 결코 흔치 않다. 이런 자연 앞에 나는 그저 고마워할 따름이다. 사람이 무엇을 위해 살아야 할 것인지 거듭 생각게 하는 그런 아침이다.

마음에 담아두었던 〈금강경〉을 소리통 꺼내어 녹음하다.

오늘이 처서處暑, 여름 더위를 쉬어간다는 날. 선들 가을바람 불어오고 햇살도 투명해졌다. 올 여름 들어 처음 맞이하는 산뜻한 날씨. 해발 8백 고지인 오두막 둘레에는 가을바람이 불어온다. 그새 산색山色도 많이 바래지다. 초록이 짙던 숲은 어느새 성글어졌다.

초열흘 배부른 달이 구름 속에 들며나며 오랜만에 달빛의 정취를 누리다. 덤불에서는 가을 풀벌레 소리 들리고 반딧불도 어지럽게 날아다닌다. 개울물 줄어 물소리도 엷어졌다. 새소리도 없다.

가을이 되면 내 마음의 거문고 줄이 팽팽하게 당겨지고 머리는 가을하늘처럼 투명해진다. 가을날 오후에는 먼데 있는 사람들에게 편지도 더러 써지더라.

정랑 앞에 해바라기 한 송이 처음으로 피어났다. 육모초 꽃도 볼 만하고 미나리도 한창이다. 용담은 아직 피지 않았다.

—

7월 2일 (日) 흐림

아랫절에서 정기법회에 참석. 아무 내용도 의미도 없는 의례적인 모임에 참석하려면 적잖은 인내력이 있어야 한다. 이것이 오늘 이 땅의 불교인가 싶으니 한숨이 절로 나온다.

오늘부터 수련회 작업. 교수불자연합회 수련. 나이 먹은 사람들이라 느슨하고 꾸물거린다. 외인外人들 포함 65명 참석.

도라지꽃이 피기 시작이다. 못된 들쥐들한테 뜯기고 남은 도라지들. 요즘 건강상태 불량. 체력이 달린다.

비전碑殿의 대경 스님과 일귀 스님이 와서 우물 쳐주고 갔다. 우물 친 지가 오래되면 내 속이 껄적지근한데 말끔히 쳐서 맑은 물이 넘치면 내 마음도 맑게 넘친다.

도현道玄 스님의 마을 모친과 여동생 내방. 가지고 온 커피 향기 함께 음미. 노보살님은 7, 8년 전에 다녀가셨는데 매화나무 빈자리를 알아보시니 그 눈썰미가 맵다. 속가권속이지만 신도로서 스님을 모시고 따르니 보기가 좋다. 나는 속가권속들에게 너무 매정하게 대한 것 같다.

오늘은 날씨 탓인지 몸이 무거워 일을 제대로 하지 못했다. 국회도 서관에 근무하는 신향순 씨 고무신 두 켤레와 양말 두 켤레 부쳐오다. 고무신이 다 해졌는데 때마침 보내주어 고맙게 신겠다.

열나흘 달이 휘영청 밝다. 가을 달처럼 청명하다. 저 아래 골짝에서 시냇물 소리가 이슥하게 들린다.

—

6월 2일 (土) 맑음
산중은 아주 좋은 날씨. 쾌적.

흙방에서 촛불 켜놓고 앉다. 앞창문 열어 발 드리우니 초록이 방안에까지 넘친다. 이곳이 어디인가. 잔잔한 기쁨이 움트는 땅. 정토淨土. 옴 마니 반메 훔!

아무것도 없이 방석 한 장 깔다.
빈방. 보기에 좋다!
이 자체가 명상의 소재다.

—

9월 1일 (金) 맑은 뒤 흐림

일주일 만에 귀산歸山.

해바라기가 두 송이 피었다. 반갑다. 꽃망울이 잔뜩 맺혔으니 가을내 뜰을 환히 밝혀주겠구나. 개울가 밭에 뿌린 씨앗이 올해는 시원찮다.

윗방에 곰팡이가 슬어 군불을 잔뜩 지펴놓았더니 방이 더워 앉아 있을 수가 없다. 아직도 마루가 시원해서 좋다.

방과 마루에 촛불과 기름등잔 해놓고 멀찍이 서 바라보는 즐거움. 이 오두막에 전등이 켜지면 어울리지 않을 것이다.

밤늦게 가을비가 올 거라는 일기예보. 미리 물을 길어다 놓았다.

어제 저녁 예불 마치고 좋은 시간 갖다. 라벤더 향기 나는 아로마 램프 켜놓고 명상음악(Inner Landscapes)에 귀 기울이며 좌선(침상 위에서).

달님이 소리 없이 새로 바른 창문에 오시다. 풀벌레 소리에 시냇물도 숨을 죽이는가.

이 맑음과 고요를 어디서 누릴 수 있으리. 차오르는 맑은 복에 감사 감사하다.

마음 밭에 갖가지 씨앗 있어

비를 맞으면 다 싹이 트지만
삼매의 꽃은 그 모습 없나니
어찌 이루어지고 부서지고 하리

—
8월 31일 (金) 흐리고 더러는 비

칠월 열이틀 달. 한 소나기 스치고 간 하늘에 맑은 달빛. 촛불을 밝히고 마루에 앉아 달빛 받으며 듣는 피아노 음악. 반딧불도 귀가 있는지 창 곁으로 어지럽게 날아들다.

오늘로 여름이 가고 내일이면 9월. 초가을이 달력에서도 시작되겠다. 한 주일 뒤면 백로白露이니 가을이 내릴 때도 되었지.

촛불을 밝히고 듣는 음악은 별미이네. 아랫절에서 목탁 치며 기도하는 소리 간간이 바람결에 실려 묻어오고 있다.

여름 동안 묵혀두었던 산중일과山中日課 내일부터 다시 챙기리라.

풀벌레 소리 어지럽다.

—
6월 18일 (일) 맑음
오월 보름.
서울 삼보법회三寶法會에서 법회차 내사.
말에서 자유로워지라고 〈열반경〉 사의품四依品 강론.

정기 법회일. 의례적인 행사. 이런 것이 불교이고 종교인가? 법회란 법다운 집회가 되어야 할 텐데 이런 모임이라면 법다운 집회가될 수 없다.

구도의 길은 자기 자신이 한 걸음 내딛어야 한다. 내가 내 인생을 살아가는 데 어째서 남의 말이 필요하단 말인가.

오늘 점심공양 바로 후 웬 미친 녀석이 계집애를 하나 데리고 시근 덕거리며 올라왔다. 여기저기 부처를 찾아다닌다고 했다. 큰절에가면 큰스님들 많으니 거기 가보라 했더니 이 세상 어디에도 그런스님이 없다고 했다. 자기 부처 놓아두고 어디로 찾아 다니냐고 호통쳐 내려보냈다.

내려가기 전 어떤 것이 부처의 본질이냐고 묻기에 지금 무엇이묻고 있느냐 했더니 알아듣지 못하고 횡설수설. 장마가 오려는지미친놈들이 설치는구나.

내일은 시끄럽고 탁한 도시 서울에 가야 하는데 벌써부터 머리 무겹고 움츠러든다.

저녁은 국수 삶아 잔디밭에 돗자리 펴놓고 먹다. 국수는 알맞게 삶아 차디찬 샘물로 행군 뒤 그 자리에서 손으로 집어먹을 때가 가장 담백한 국수맛이다. 저만치서 다람쥐가 내 국수 먹는 모습을 빤히 건너다보고 있었다.

헌식 돌에 콩이라도 놓아주어야겠다.

—

6월 27일 (木) 비

일각—覺 스님 장례식. 빗속에 거행.

그전부터 생각해온 일이지만, 출가 수행자의 장례식이 이렇듯 거창하고 번거롭게 치러져야 하는가? 평소의 조촐한 삶처럼 그렇게 치러서는 안 된단 말인가? 이웃에게 얼마나 많은 수고와 손해를 끼쳐야 하는가! 수행자의 장례가 5일이나 이어지는 것도 맞지 않고, 수백을 헤아리는 화환과 만장도 도리가 아니다. 허례와 허식도 어느 정도지 이건 세속보다도 훨씬 세속적이 아닌가.

이런 잘못된 의식을 목격할 때마다 생각해온 바이지만, 여럿이 사는 큰절 언저리에서 나는 결코 죽고 싶지 않다. 죽음이란 뭔가. 이 또한 사는 일의 한 부분이 아니겠는가. 살아 있을 때처럼 조용하고 조촐하고 없는 듯이 치러져야 한다. 이 세상에 태어날 때 가족 사이에서 태어나듯이 죽음 또한 그처럼 조용히 둘레에서만 치러져야 할 것이다. 평소의 말이나 생각처럼, 삶의 한 과정인 저 죽음도 그렇게 치러져야 할 것이다.

요 근래 들어 불교계의 커다란 폐습이다. 수천만 원을 들여 승가의 조문객들에게 돈 봉투를 나눠주는 일도 예전에 없던 일이다. 화환과 만장도 도를 지나치고 있다.

삼년 기도에 들어간 상좌 한 사람은 장례에 참여하지 않았다는 말을 듣고, 그 스님이야말로 이 한 가지 사실만으로도 불제자답다고 여겨진다. 이런 폐습이 잔존하는 한 한국 불교는 살아 있지 않다!

—

10월 15일 (火) 가을 햇살에 청명한 바람

흙벽돌 찍는 일로 오후 늦게 이당도예 갔다가 돌아오는 길이었다. 바로 해가 넘어간 뒤라 도로의 차들은 미등을 켜고 달리는 그런 시각이었다.

구름 한 점 없이 맑게 갠 하늘. 하늘빛이 너무 고왔다. 어둠이 내리기 직전 석양의 투명한 빛이 산의 능선을 선명하게 드러나게 했다. 부드럽게 그어진 산의 능선이 마치 우주의 웅장한 율동처럼 느껴졌다. 윤달인데 그 위에 초승달(구월 초나흘)이 실낱같이 걸려 있었다. 능선 위에 펼쳐진 하늘빛은 고요와 평화로 잔잔히 물들어 있었다. 시간이 흐르자 노을빛은 점점 희미해지고 산의 윤곽도 사라지면서 초승달의 자태는 더욱 투명하게 드러났다. 언뜻언뜻 이런 풍경을 차창으로 바라보면서 서쪽으로 달려온 길이, 오늘 하루 중 가장 아름답고 감동적인 시간을 내게 드리워 주었다.

자연은 이토록 아름답다. 자연은 실로 신비롭다. 주어진 이런 아름다움과 신비를 일상의 우리는 그저 무감각하게 흘려 보내고 있다. 이와 같은 아름다움과 신비를 우리는 한 생애를 통해 몇 번이나 바라보며 느낄 것인가.

—

9월 30일 (月) 맑음

맑고 투명한 전형적인 가을 날씨.

내 둘레에서 음악으로 불려지는 소음을 말끔히 청소하다.

며칠 전에는 인仁이에게 소리통을 빌려주었다. 불일암에서 듣던 파나소닉 간소한 장치. 어제는 CD 상자를 장수산방長壽山房으로 보냈다.

이제 나는 인공적인 소리보다는 자연의 소리가 훨씬 마음을 편하게 한다는 사실을 내 둘레로부터 실현한 것. 귀에 익은 음악은 세상 어딘가에 그대로 있을 테니 들을 만한 인연이 닿으면 듣게 될 것이다. 사실 나는 요 근래 음악 자체보다도 음악이 끝나고 난 그 후의 고요에 귀 기울이기를 즐겨온 셈이다. 아무리 좋은 음악이라도 한참 듣고 있으면 소음이나 다를 바 없었다.

그러나 물소리며 바람소리며, 나뭇잎 새로 스쳐가는 마른바람

소리가 내 영혼을 투명하게 씻어준다. 며칠 전 수류산방에 갔을 때 둘레에서 나뭇잎을 스치고 지나가는 마른바람 소리에 귀 기울이고 있으려니 문득 아하, 이 소리가 바로 가을이 익어가는 소리이구나 싶었다.

—

청명한 가을 날씨!

오랜만에 전형적인 우리 가을날, 수류산방에 있다가(25일 만에) 오늘 하산. 강원도 쪽은 무장공비 침투로 길목마다 검문이 있어 살벌하고 어수선하다. 무장공비 수색작전 때문에 이 좋은 계절에 수류산방에 갈 수 없어 답답하구나.

—

수류산방이 좋다. 문득, 내가 이 세상에 가장 행복한 사람이라는 생각이 들다. 이 좋은 산천에서 거리낄 게 없이 사니까.

두 번 퍼 나르고 개울가에서 발 씻고 속옷 갈아입다. 이곳에 와 처음으로 압력밥솥에 밥 먹게 됐다. 늘 물이 많아 현미밥의 맛을 모르겠는데.

건전지 새로 갈아 넣었더니 탁상의 등이 환해졌다.

해거름에 밭두둑 김매고 열무와 배추 씨앗 뿌려주다. 밭에 김매주는 일에 재미가 난다. 날마다 해저물녘에 밭일하기.

무성처無聲處! 오랜만에 적적한 고요.

가을바람 선들거리고 따뜻한 햇볕에 풀씨들 여물겠다. 작은 풀꽃들 앞뜰 뒤뜰 풀 속에 보석처럼 빛나다.

영혼의 시간

法頂

한밤 중 자다가 깨어
미처 못 한 일들
주섬주섬 챙기고 나서

아무것도 걸치지 않은
내 속 얼굴과 마주앉다

이토록 맑고 투명한
영혼의 시간에
나는 밤하늘을 지키는 별이 된다.

(5. 7)

—

8월 28일 (火)

날씨 좋아 창문 두 짝 바르다(큰방 앞문). 마침 밀가루가 있어 풀 쑤어 발랐다. 전에 가게에서 사온 풀로 발랐던 창문이라, 물을 불려도 깨끗이 떨어지지 않아 애먹다. 이번이 아니면 창문 바를 기회가 없을 것 같아 마음 낸 김에 발라서 달아놓으니 방안이 한결 산뜻하다.

가을바람에 가사 말리다.

1월 24일 (日) 맑음

이제 6시 10분 전. 새벽하늘에 별 초롱초롱

실내기온 18°C 마루 3°C 바깥 -18°C

4시에 눈 떴다가 게으름 5시 반 넘어 일어남

서울 -11°C 8″ (AM 7시)

개울에 얼음장이 두껍게 얼어 도끼로 안 되어 곡괭이로 깨다. 깨놓은 지 얼마 안 되어 이내 얼어붙는다. 생각다 못해 아래쪽에 구멍을 하나 뚫어 (숨구멍) 놓으니 얼지 않고 흐른다.

　오늘 아침 영하 18도까지 내려가는 바람에 개울물 소리도 들을 수 없었는데 오후에 햇볕 쪼여 다시 소리가 살아났다.

밝아오는 창문 아래서 차 공양. 무쇠차관, 역시 옛것이 무게가 있다.

어제는 -10° 인데 개울물이 얼고 오늘은 -15°에 개울물이 얼지 않다. 아래쪽에 숨구멍 뚫은 덕인가?

얼음장 밑으로 흐르는 개울물 소리, 이 산중 아니면 어디서 듣겠는가. 이 산중에 복이 있다! 개울가까지 몇 차례 오고가며 산책. 천지는 눈으로 가득!

조태연 가家의 죽로차(우전) 오늘 아침으로 다 마시다. 예년에는 정선되지 않아 별로였는데 금년 죽로는 예전에 지녔던 죽로 향기가 나 반가웠다. 차봉지에 "정직한 손이 깊은 향을 만듭니다" 박힌 글이 인상적이다. '정직한 손'은 '정성을 다하여'라는 뜻일 게다. 고맙게 잘 마셔 기록으로 남긴다.

물식힘 그릇 짙은 갈색 도기로 바꾸어 내놓다.

—

7월 1일 (土) 흐림

청매青梅가 인사동에서 함께 보았던 금고金鼓를 사 보냈다. 소리가 좋아 살까 하다가 놓아둘 자리가 마땅치 않아 사지 않았는데 엉뚱하게 사 보냈다. 필요 없는 장치까지 사 보냈다. 고맙긴 한데… 어디에 장치를 하나!

북대 대신 복도 마루에 못을 박고 쳐 보았다. 소리가 좋다.

聞鐘聲 煩惱斷   문종성 번뇌단
智慧長 菩提生   지혜장 보리생
離地獄 出三界   이지옥 출삼계
願成佛 度衆生   원성불 도중생

• 금고 매다는 북대를 '장치'라고 표현. '청매'는 왕상한 교수를 가리킴.

—

7월 20일 비오다 개이고

양철 지붕에 비가 내리는 소리에 잠을 깊이 잘 수 없어 자는 둥 마는 둥. 비가 제법 내린다.

예불 마치고 해인명에게 답장 쓰다.

해인명海印明에게

아버지 백젯날 보낸 편지와 약 잘 받았습니다.

아버지께서 눈앞에 안 보인다고 해서 아주 가신 것은 아닙니다. 그 몸으로는 세상에 인연이 다해 어디선가 또 다른 몸으로 존재하기 위해 우리 곁을 떠났을 뿐입니다. 그러니 살아 계실 때나 다름없이 딸 노릇 잘 하십시오. 아버지 화신化身은 여기저기 나타날 수 있습니다.

보살님의 정성과 기도 덕에 나는 튼튼해질 것입니다. 사대四大로 이루어진 이 몸이니 때로 앓기도 해야 합니다. 그래야 면역이 생겨 오래 버틸 수 있지요. 살다 보면 누구에게나 지병이 있게 마련입니다. 그것으로 넘치지 않게 살아가라는 교훈이겠지요. 보내준 약 걸르지 않고 부지런히 먹고 건강해지겠습니다.

무더위에 집안이 두루 청안하십시오.

신사년 여름
수류산방에서
法頂 合掌

―

6월 23일 (水) 맑음 소나기
마치 초가을처럼 쌀쌀하고 산뜻한 날씨입니다. 오후에 한 차례 소나기 시원스레 쏟아지고 숲은 한층 싱그러워졌습니다. 저녁에 남은 김치로 찌개를 만들었는데 충분히 익지 않아서인지 질겼습니

七월 十五일

진지 七홉 드름 下山하였다가 에 山房

에 드러왔다 그 동안 에 미가 에 병이

지음가 밥을 못해 밥을 그

에 밥이 싫어 밥을 가 에 있을 그

몸이 괴로와 가 에 있다 山房에

졸려 두時를 자다가 고 밥을 지고

물이 에게 밥을 지어 밥을

밥이 에 밥이 에 밥을 드릴

다. 마루와 방 청소하고 나면 내 심신도 아주 개운합니다. 청소 끝에 마시는 차는 맑음을 더했습니다. 책 읽고 차 마시고 김매고 하는 것이 요즘의 정해진 일과입니다. 저녁 먹고 뒷문 열어보니 정자 곁에 토끼가 한 마리 물끄러미 나를 바라봅니다. 놀라지 말고 가끔 놀러오라고 일러주었습니다. 헌식 돌에 놓아두는 헌식을 더러 먹는지 모르겠습니다. 이런 무심한 산의 친구들이 우리 산방의 운치를 한층 그윽하게 거들어줍니다. 아침에는 빵 쪄서 먹고 점심은 어제 남은 두부와 미역 넣어 떡국 끓여 먹고 저녁은 밥해서 김치찌개에 먹었습니다. 오후에 호박 빠진 데 옮기고 밭에 김매주었습니다.

수류산방은 별천지입니다. 밖에 나갔다가 돌아올 때마다 새롭게 느껴집니다. 더운물에 목욕하고 내의 갈아입고 저녁공양 마치고 이렇게 쓰고 있습니다. 삼십 분 있으면 예불 시간입니다.

—

7월 15일 (木) 맑은 후 흐림

지난 7일 오후 하산했다가 여드레 만에 산방에 돌아오다. 그동안 다리가 넘쳤던 모양. 그 자취가 남아 있다. 다행히 별 이상은 없는데 풀이 많이 자랐고 개울가에 비누곽과 방망이 물에 떠내려갔는지 보이지 않는다. 산방이 좋다. 군불 지피고 청소하고 물탱크에 물 치우다. 양수기가 말을 잘 안 듣는다. 아무 방해받음 없이 없는 듯이 살았으면 좋겠다.

7시 5분 전에 분원分院 출발.

소사에서 잠깐 쉬고 진부珍富 대장간에 주전자 받침을 맡겼더니 물건을 버려놓았습니다. 무식한 사람이라 유기를 동으로 잘못 알고 강한 불로 녹여놓았어요. 그런 줄 알았으면 함석집에서 납으로 때웠더라면 아까운 물건 버리지 않았을걸. 후회막급입니다.

진부장에 들러 두부 사다가 프라이팬에 부처 김치에 거쳐서 잘 먹었습니다. 이제는 요령을 알았으니 장을 봐다 먹으려고 합니다. 재미있을 것 같습니다.

며칠 동안은 갠 날이랬습니다. 풀 뽑고 나니 갑자기 허기가 져서 이것저것 한참 집어먹었습니다. 이런 때는 미숫가루가 있었으면 좋겠구나 싶었어요.

오늘은 바깥 마루에 앉아 시냇물 소리 한 귀로 들으면서 책을 읽으니 새로운 기분이 듭니다. 지필묵을 아예 바깥 마루 탁자에 옮겨다 놓았습니다. 달력을 보니 오늘이 단오절端午節.

어제 해거름에 콩 심은 데 김매면서 보니 해바라기가 여기저기 몇 군데서 올라 있는 걸 보고 반가웠습니다. 올해도 꽃을 볼 수 있겠습니다.

개울물 소리가 참 좋습니다. 이 자리가 바로 서방정토인가 싶습니다.

—
1995. 7. 18 (火)

맑게 개인 아침. 연일 흐리다 장마철에 모처럼 날이 들다. 개울물 소리도 한층 투명하다. 맑은 햇살 쪼이며 심호흡.

　아침에 지핀 군불 말썽 없이 아주 잘 들다. 초복인데 군불을 지핀다. 장마철에 눅눅해진 방 윗목을 말리기 위해서. 새벽녘으로는 추워서 자주 깬다.

　아침 햇살 받으면서 개울가에 나가 흐르는 물을 한 바가지 떠 마시니 온몸에 산천의 정기가 스며드는 것 같다. 산하대지山河大地여, 고맙고 고맙습니다! 이 오두막이여, 감사하고 감사합니다! 이토록 신선한 아침이여, 지극한 마음으로 귀의하나이다!

　4시 반부터 비.

　萬里靑天 雲起雨來　　만리청천 운기우래
　空山無人 水流花開　　공산무인 수류화개

　툭 트인 푸른 하늘에
　구름 일고 비 내리네
　빈산에 사람 없고
　물이 흐르고 꽃 피더라

이 시야말로 수류산방의 분위기에 꼭 들어맞는다. 기둥에 주련으로 달아볼까?

 향기로운 알커피 같아서 한잔 마시다.

—

1월 2일 (水)
간밤에도 월백月白 설백雪白 천지백天地白!
아침 기온 -19°. 춥다. 대관령은 -17°란다.

지난 밤 문풍지 우는 소리에 자다가 깨다. 오두막에서는 몸놀림이
많아 어깨와 팔이 아프다.

PM 4:30. -10° 춥다.

지난 한 해를 돌아보니 낱낱이 그 이름을 들 것도 없이 많은 사람
들의 은혜 속에서 살아왔다. 내가 남에게 전한 은혜는 없는데 내가
받은 은혜는 헤아릴 수 없이 많다. 세상에 공것은 없다. 남은 세월
안에서 어떻게든 그 은혜에 보답할 수 있어야 한다.

틀에서 벗어나고 싶어 부질없는 회주(길상사)에서 떠난 것은 잘한
일 같다.

올해의 행동지침 써서 식탁 앞에 붙이다.

1. 과속차로에서 탈피

                            ─ 천천히 즐기면서

2. 아낌없이 나누라

                    ─ 본래 무일물本來 無一物
            삶의 종점에서 진정으로 무엇을 남길 것인가

3. 보다 따뜻하고 친절하라

                ─ 무엇이 부처이고 보살인지 시시로 살피라

─

장마철에 비가 내리듯이 이 고장에서는 눈이 잇따라 내린다. 장맛
비와는 달리 지루하지는 않다.

게으름 피우다 늦게 기상. 예불 마치고 좌선하고 맑고 투명한 시
간. 이곳 오두막의 있음이 생각할수록 고맙다. 요즘 절이래야 어디
를 가나 사람들로 북적거리는데 이 오두막은 내가 홀로 순수하게
존재할 수 있다. 이곳에서는 그 누구에게도 방해받지 않고 내 식대
로 살 수 있어서 좋다.

먹는 일에 신경 쓰지 말 것. 될수록 간소하게 먹을 것. 과식하면 심신이 더불어 불쾌.

—

감기에 약을 먹지 않음. 몸이 그걸 보살필 기회를 주기 위해서 당장 먹는 것을 중단한다. 물이나 과즙이나 사과주스를 많이 마신다. 먹지 않으면 어떤 감기라도 사흘이면 떨어진다. 그리고 그것은 몸에 아주 좋은 휴식이 된다.

—

나는 무슨 일이 있어도 병원이나 노인요양소 같은 곳은 피하겠다.

—

1993년 6월 17일 (木) 맑음

아침은 안개이더니 맑게 개인 날씨입니다. 긴팔 내의를 입고 군불을 지폈는데 이내 벗고 짧은 것으로 갈아입었습니다. 걸레 빨아 방을 닦고 마루도 말끔히 닦아냈습니다. 맑은 날씨 덕에 내 마음도 맑고 투명합니다. 시중의 무더위가 산중에는 아직 미치지 않았습니다. 쓸고 닦고 나서 화개차花開茶 두 잔 마셨더니 내 안에서도 꽃이 피어나는 듯했습니다.

　맑게 개인 날 아침 청소하고 빨래하고 나서 마시는 차맛은 일품입니다 단순히 차향기만으로 마시는 것이 아니라 순수한 맑음을 영혼으로 음미한다고나 할는지요. 홀로 산거山居하는 사람만이 누릴 수 있는 복입니다.

　조용한 산중에서는 경운기 소리가 귀에 거슬립니다. 기계소리는 자연과 화음和音 안 되기 때문일 것입니다. 경운기가 문밖으로 나간 것이 다행입니다. 이 기회에 문밖에 세워 두도록 했습니다.

　지난봄에 원서로 읽었던 〈청빈의 사상〉을 번역본으로 다시 읽고 있는데 참 좋습니다. 아무한테도 방해받지 않고 쾌적한 환경에서 좋은 책 읽는 복에 감사드립니다.

　오늘은 서늘합니다. 군불을 지피는데 바람 많은 날입니다. 건강 상태는 어떤지 궁금합니다.

—

10월 20일 (月) 맑음 서현산방西峴山房

덕현德賢에게

집을 지으려고 마음먹고 터를 닦고 준비를 하다가 생각을 돌이켜 중단하게 되니 아직은 마음이 착잡하리라 여겨진다. 모든 일은 한 생각을 일으켜 시작했더라도 또한 그 한 생각에 의해 그만두거나 달라지는 것이 우리네 살림살이다. 물론 내 거처를 위해 시작한 일인 줄 알고 있지만 수행자가 기거할 수 있는 환경은 그 터만이 아니라 여러 가지 내적인 인연이 갖추어져야 한다. 그러나 그 터는 여러 가지로 마음이 내키지 않아 기댈 만한 곳이 아니었다.

모처럼 마음을 내어 일을 벌였다가 거두게 되니 우선은 마음이 착잡하겠지만 시주의 시은을 더 지기 전에 중단한 것을 오히려 다행한 일로 여길 줄도 알아야 한다. 길을 가다가도 그 길이 내가 갈 길이 아님을 알아차렸으면 곧바로 발길을 돌려 헛길을 가지 말아야 한다.

원각경에 '지환즉리 이환즉각知幻則離 離幻則覺'이란 법문이 있다. '잘못을 알았으면 그 자리에서 그만두라.' 그만두면 곧 본래의 제자리로 돌아온다는 교훈이다. 이번 일을 통하여 앞날의 수행에 큰 교훈을 삼는다면 진행했던 일도 결코 헛되지 않을 것이다.

좋은 마음 이루기를 바란다.

———

편지 받아 기쁘게 읽었소. 선열禪悅로써 음식을 삼은 것 같아 전해 듣는 마음도 함께 기쁩니다. 몸은 출가했으면서도 마음으로 선열을 느낄 수 없다면 출가장부가 될 수 없을 것이오.

출가인은 모든 기존의 틀에서 거듭거듭 털고 일어서야 합니다. 우리가 무엇 때문에 세속의 정을 등지고 출가를 했는지 시시로 되돌아본다면 부질없이 허송세월하면서 꿈속에서 지낼 수가 없을 것이오.

출가수행자에게는 내일이 없어야 합니다. 내일 때문에 얼마나 많은 세월을 미루면서 허송해 왔는지 내 자신 자주 후회를 합니다. 늘 '지금 이 자리에서 이렇게' 살아야 합니다. 그리고 꽃처럼 날마다 새롭게 피어나야 합니다. 가난과 고요와 평안이 수행자의 향기가 되어야 합니다.

도원 선사 법문에 공감하다니 반가운 소식이오. 본증묘수本證妙修 불염오不染汚의 정진을 명심하시오. 새삼스럽게 깨닫기 위해서 닦는 것이 아니라, 본래의 깨달음을 '드러내기 위해서' 닦음이고, 정진하지 않으면 오염되니까 항상 정진하는 것이오. 휴정 선사의 어록 중 '수본진심 제일정진守本眞心 第一精進', 즉 자기 자신의 근본인 진심眞心을 지키는 것을 제일가는 정진으로 삼으라는 뜻이오.

한때의 기쁨과 축복의 체험에 만족하지 말고 더욱 분발하기 바랍니다. 더 멀리 내다보려면 다시 한층 높이 올라가야 합니다. 될 수 있는 한 말 적게 하고, 잠 덜 자고, 음식 덜 먹는 것이 수도 생활을 기쁨의 길로 이끌어갈 것이오.

올 여름 안거 중에 모처럼 기쁜 소식 받으니 내게도 기운이 솟는 것 같소. 해제의 기쁨을 함께 누립시다.

지켜보는 인연 때문에

法頂

불을 끄고 자리에 누웠다가
다시 불을 켠다
한 알의 열매를 보기 위해

오늘 낮 사시巳時마지에서
퇴공退供한 사과 한 알
무슨 인연으로
우리 방 경상經床 위에 놓이게 되었을까

헤아려볼수록
아슬아슬한 인연
너와 나는 몇 억만 대 일이라는
그래서 이제는 단 하나뿐인 존재
생명을 지닌 조촐한 우주

나는 또 너로 하여 상심하리라
지난 밤 비로
제 무게를 이기지 못해
앓아누운 꽃잎에서처럼
지켜보는 이 인연 때문에

대숲에 싸락눈 내리는 소리

法頂

대숲에 싸락눈 내리는 소리
그것은 할머니의 무릎을 베고 듣던
등잔불 밑의 옛날이야기

대숲에 싸락눈 내리는 소리
해질녘 나를 찾아오는
친구들의 귀에 익은 발자국 소리

대숲에 싸락눈 내리는 소리
출가입산出家入山하던 날
집을 나와
저만치서 되돌아보던 길

대숲에 싸락눈 내리는 소리
찬 그늘이 내리는
늦가을의 정결한 뜰

대숲에 싸락눈 내리는 소리
심산深山의 초암草庵에서
피어오르는 저녁연기

대숲에 싸락눈 내리는 소리
차관茶罐에 물은 끓어도
더불어 마실 이 없는 적막

대숲에 싸락눈 내리는 소리
아, 그것은 그것은
까맣게 잊어버린
내 어린 날을 부르는 하얀 목소리

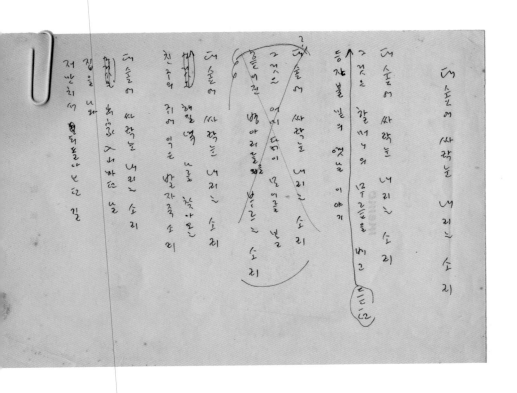

고요한 달밤

해안화상海眼和尙

고요한 달밤 거문고를 안고 오는 벗이나
단소를 들고 오는 이가 있거든
굳이 줄을 골라 곡조를 듣지 않아도 좋다

이른 새벽 홀로 앉아 향을 사르고
산창山窓에 스며드는 달빛을 볼 줄 아는 이라면
굳이 불경을 펼치지 않아도 좋다

저문 봄날 지는 꽃잎을 보고
귀촉도 울음소리에 귀를 기울이는 이라면
굳이 시인이 아니라도 좋다

이른 아침 세숫물로 화분을 적시며
난초 잎을 손질할 줄 아는 이라면
굳이 화가가 아니라도 좋다

구름을 찾아 가다가 바랑을 베고
바위에 기대어 잠든 스님을 보거든
굳이 도에 대한 이야기를 나누지 않아도 좋다

해 저문 산자락에서 나그네를 만나거든
어디서 온 누구인지 물을 것 없이
굳이 오고가는 세상일을 들추지 않아도 좋다

• 해안 봉수海眼 鳳秀(1901-1974): 전북 부안 내소사 서래선림西來禪林에서 오
  랫동안 주석하며 선풍을 진작했다.

2

그대는 하나의 씨앗이다

자연 · 대지 · 생명

—

그대는 하나의 씨앗이다(사람들은 날 때부터 하나의 씨앗을 지니고 있다). 그러므로 자연에서 알맞은 땅을 찾아야 한다.

—

자연은 보이지 않는 신의 보이는 한 부분이다.

—

자연은 그 자체로 충만하다.
더 보탤 게 없다.
궁극의 자연,
이를 일러 도道라 한다.

—

자연은 특정인을 위해 자신의 법칙을 바꾸지 않는다.

—

유월의 아침이 식물에게 절대로 필요하듯이, 자연의 숨결만큼 인간의 영혼에 필요한 것은 없다.

사람 누구에게나 땅과 접촉하고 흙에 뿌리박은 삶이 필요하다. 인간의 삶은 자양분을 공급하는 흙으로부터 차단되면 살 수 없는 나무와 같다. 그러므로 모든 사람이 흙을 가꾸는 기회를 가져야 한다.

대지에 맨살이 닿는 것은 좋은 일이다.

대지는 단순한 흙이 아니다. 흙, 식물, 그리고 동물이라는 순환을 통해 흘러가는(움직이는) 에너지의 원천이다.

　인구과밀은 결국에는 생태계의 착취를 불러일으킨다. 생태윤리란 개개인이 대지의 건강을 위한 자신의 의무를 깨닫는 것.

해가 떠오르는 곳은 어딘지 신비롭고 성스럽다. 여명은 신비한 고요로 천천히 대지大地의 옷을 벗긴다. 대지는 어느 누구에게도 속하지 않는다. 그것은 우리 모두가 오랜 세월을 두고 가꾸고 수확하고 파괴해온 삶의 터전이다. 당신은 이 대지에서는 항상 손님일 뿐이며 손님으로서의 검소함을 지닌다.

—

모든 영혼은 아침의 태양과 만나야 한다. 그 새롭고 부드러운 대지, 그 위대한 침묵 앞에 홀로 마주서야 한다. 대자유는 오래 전부터 자기의 한 부분이었음을 깨달아야 한다.

—

땅의 평화가 내 가슴에 들어오자 나는 대지의 일부가 되었다.

—

대지大地는 모든 살아 있는 것의 최종적인 휴식처답다. 흙은 부드럽고 힘 있으며, 정화의 힘을 갖고 있었다.

—

우리가 풀 위를 걸으면 풀이 꺾이거나 구부러져요. 나는 사과나 무를 먹을 때 그것에 사과를 해요. 내가 누구길래 이 아름다운 생명을 베어 먹는 건가?

—

사랑과 이해와 자비가 넘치는 사람은 채식가가 될 수밖에 없다. 또 나무들이 충분한 열매를 준다. 죽일 필요가 없다. 짐승을 죽이는 것은 농사짓는 방법을 모르던 과거의 수렵시대에서 내려온 유물일 뿐이다.

그대가 살아 있는 생명체를 죽이는 순간 그대가 죽인 것이 무엇인가는 중요하지 않다. 언제나 생명이 파괴되고 있는 것이다. 그것이 사람의 형태이든 동물의 형태이든 아무런 차이가 없다.

—

생명을 자라게 하는 데 꼭 필요한 것은 성실함이다.

—

모든 생명은 다 하나다. 우리 모두가 이 우주가 벌이고 있는 생명의 잔치에 함께하고 있다.

하나의 나뭇잎이라 할지라도 우리에게 영향을 미치지 않은 것은 없다. 우리 모두는 서로서로 영향을 주고 있다. 그것은 사방으로 퍼져나가는 거대한 진동 같은 것이다.

—

개별적인 영으로 존재하는 우리 생명체와 우주의 대생명력 :
바다에서 떠낸 한 그릇의 물이 본질이나 속성에 있어서는 그것의
어머니인 바다와 같다.

신의 모습과 인간의 생명이 본질에 있어서는 같다 할지라도, 신
의 생명은 개별적인 인간들의 생명을 초월해서 세상 만 가지 생명
들을 다 포함하고 있다는 것이다. '무한한 사랑과 지혜의 원천'인
우주의 대생명력을 향해 자신을 얼마나 열어놓느냐에 따라 그것은
우리에게, 우리를 통해 모습을 나타낸다.

그 '원천'과 자신이 하나라는 사실을 깨닫는 순간, 천지만물이 다
이 '우주의 대생명력'과 하나임을 아는 순간, 우리는 짐승이나 나무
나 사람이나 모두가 어떤 의미에서는 한 몸뚱이라는 걸 깨닫게 된다.

따라서 우리는 그 어느 누구한테도 해를 입힐 수가 없다. 커다란
몸뚱이의 어느 한 부분이 피를 흘리면 반드시 나머지 부분들도 그
것 때문에 아파한다.

—

나무 아래 바위에 앉아 개울물 소리에 귀를 기울이면
물소리가 아니라 생명과 존재의 목소리이며
영원히 현존하는 만물의 목소리다.

花は黙って咲き
そうして黙って散って行く。
そして再び枝に帰らない。
けれどもその一時一処に この世のすべてを托している。

一輪の花の声であり 一枝の花の美であり。

永遠にほろびぬ 生命のよろこびが 悔なくそこに輝いている。

柴山全慶 作詞

꽃은 말없이 피고
말없이 진다

(그리고) 다시 가지로 돌아가지 아니한다
하지만 그 한순간 한곳에 (이 세상) 모든 것을 내맡긴다.

한 송이 꽃의 소리요
한 가지 꽃의 아름다움이라

영원히 스러지지 않는
생명의 기쁨이 후회없이 거기에 빛나고 있다

—
꽃은 묵묵히 피고 묵묵히 진다
(그리고는) 다시 가지로 돌아가지 않는다
하지만 그때 그곳에 (이 세상의) 모든 것을 내맡긴다
그것은 한 송이 꽃의 소리요, 한 가지 꽃의 모습
영원히 시들지 않는 생명의 기쁨이
후회 없이 거기서 빛나고 있다.

• 일본 시

—

생명生命은 끝없는 운동이고 흐름이다.

—

나무는 성소聖所이다. 나무와 얘기하고 그 말에 귀 기울일 줄 아는
사람은 진리를 배운다. 나무는 교의나 진리를 말하지 않고 개별적
인 것을 넘어 삶의 진리를 들려준다.

나이테의 바르고 일그러진 모양새에는 모든 싸움과 고뇌, 행운과 번영의 역사가 그대로 씌어 있다. 빈곤했던 해, 풍족했던 해, 견뎌낸 폭풍우와 시련들.

단단하고 품격 높은 나무일수록 촘촘한 나이테를 갖고 있다는 사실과, 높은 산 끊임없는 위험 속에서야말로 강인하고 옹골찬 나무가 자란다는 것은 농가의 소년이라면 누구나 다 아는 인생의 교훈이다.

가장 높은 나무는 가장 깊게 뿌리를 내리고 있다.

나무를 자를 때는 단지 성장에 방해가 되는 가지만을 자르라. 나무의 모양새를 아름답게 한다는 그대의 생각만으로 가지를 자르지 말라. 나무를 그냥 내버려 두라. 나무에게 자유를 주라.

식물은 우주에 뿌리를 내린, 감정이 있는 생명체다. 식물은 인간에게 유익한 에너지를 방출하고 있으며 예민한 사람은 그 에너지를 느낄 수도 있다. 미국 인디언들은 기운이 달리면 숲속으로 들어가 양팔을 활짝 벌린 채 나무에 등을 기대어 그 식물의 힘을 받아들인다고 한다.

힌두교 경전에 의하면 하품이란 피로한 사람이 우주에 가득한 가상의 에너지인 샥티shakhti를 받아들여 원기를 회복하기 위한 것.

• 피터 톰킨스, 〈식물의 정신세계〉

—

인간은 식물과 함께 있을 때 가장 행복하고 편안한 기분을 느낀다. 그것은 영적인 충만감에 젖어 있는 식물들의 심미적 진동을 인간이 본능적으로 느끼기 때문이다.

—

중국에서는 예부터 매화에 네 가지 귀함[四貴]이 있다고 한다.

희稀를 귀하게 여기고 번繁을 귀하게 여기지 않는다.
로老를 귀하게 여기고 눈嫩을 귀하게 여기지 않는다.
수瘦를 귀하게 여기고 비肥를 귀하게 여기지 않는다.
뢰蕾를 귀하게 여기고 개開를 귀하게 여기지 않는다.

드문 것을 귀하게 여기고 무성한 것을 귀하게 여기지 않는다.

고목을 귀하게 여기고 어린 나무를 귀하게 여기지 않는다.
여윈 것을 귀하게 여기고 살찐 것을 귀하게 여기지 않는다.
꽃망울을 귀하게 여기고 피는 것을 귀하게 여기지 않는다.

—

인도의 위대한 왕 아쇼카는 모든 백성이 일생 동안 최소한 다섯 그
루의 나무를 심고 돌봐야 한다고 선언했다. 그는 백성들에게 치유력
이 있는 나무(약초)와 열매 맺는 나무(과일), 땔감으로 쓸 나무, 집
짓는 데 쓸 나무(건축자재용), 꽃을 피우는 나무를 심으라고 했다.

—

세상에는 잡초라는 것이 없다. 모든 풀은 존중되어야 할 목적을 갖
고 있고, 쓸모없는 풀이란 존재하지 않는다. 우리는 해가 떨어진
다음에는 약초를 채집하지 않으며, 필요할 때만 약초를 수집한다.
어떤 풀을 뽑아서 그냥 내버리는 일이 없으며 재미로 무엇을 죽이
는 법이 없다. 우리는 잡초라는 것도, 모기라는 것도, 원하지 않는
비도 없다. 바람과 비, 모기와 뱀이 모두 우리 안에 있다. 우리가 우
리 자신의 진정한 모습을 알고 나면 겨울의 눈도 우리 자신이고 여
름의 꽃도 우리 자신임을 깨닫게 된다.
　우주 안에는 매우 다양한 형태의 영적 차원이 있다. 자연 속의

모든 물질은 그 나름의 영적 차원을 갖고 있으며, 우리가 어떤 약초로부터 도움을 구하는 것은 바로 그 약초의 협력을 얻는 일이다.

육체의 고통은 좋든 나쁘든 어떤 이유를 갖고 있으며, 그것들은 언제나 영적인 차원에서 시작된다. 예를 들어 어떤 질병에 감염되었다는 것은 영적으로 순수하지 못했음을 뜻한다. 육체에 일어나는 일은 그것으로 전부가 아니며, 따라서 치료사는 육체 이상의 것을 알고 있어야 한다.

문명인 의사들은 환자가 찾아오면 질병만을 관찰할 뿐 사람을 관찰하지 않는다. 그래서 문제가 무엇인지 이해하지도 못한 채 약을 주어 통증을 느끼지 못하게 하든지 신체의 어떤 부위를 잘라 쓰레기통에 버린다.

햇빛은 당신 것도 내 것도 아니다. 이것은 우리 모두가 공유하는 삶의 에너지다. 만약 당신이 그것을 주의 깊게 관찰한다면 석양의 아름다움은 모든 인간에 의해 공유된다는 것을 발견할 것이다.

내가 나무 한 그루를 흔들어도 우주 전체가 그것에 화답하고 그 리듬에 맞추어 춤을 춘다는 것, 그리고 인간은 욕망의 길이 아닌 마음과 혼이 담긴 길을 걸어야 한다는 것이 인디언들 특유의 깨달음의 세계다.

－구르는 천둥(체로키 족)

자이나교 〈물의 경전〉

물을 낭비하지 말라.
쏟지도 말라.
물은 고귀한 것.
물은 신성한 것.
그대가 물을 쓰는 것을 보고 그대를 평가한다.
물은 증인이며
물은 심판자이다.
그대의 신망은 그대가 쓰는 물에 대한 관심에 달려 있다.

—

물 한 방울은 두 개의 원소의 특수한 집합이 아니라 조화된 상호관
계의 기적이다. 거기서는 둘이 하나라는 것을 계시하고 있다. 아무
리 분석을 거듭하여도 이 통일의 신비는 나타낼 수 없다.

—

정상에서의 침묵은 휴식 가운데서도 가장 귀중한 것이다.

—
掬水月在手 弄花香滿衣　　국수월재수 농화향만의

물을 움켜 뜨니 달이 손 안에 있고
꽃을 만지니 향기가 옷깃에 스민다.

—
바라보니 산에는 빛이 있고
귀 기울이면 소리 없이 흐르는 물
봄은 가도 꽃은 남고
사람이 와도 새들 놀라지 않는다

-야보 선사

—
우리가 산을 진정으로 바라볼 때
우리도 또한 산이 된다.
분주할 때는 산이 나를 보고
한가할 때는 내가 산을 본다.

—

높은 산에 오르는 일이란 자연과의 조화를 실현하는 것. 낮은 지대는 언제나 비에 씻기거나 멀리서 불어오는 바람에 휘말리거나 하지만, 높은 지대는 그 자신의 날씨를 만들어 내고 있다. 바람도 우레도 이미 다른 소리가 아니고 산 자신의 소리이며 신의 힘의 표현이다.

—

휴식의 순간에 우리들은 산을 가장 잘 감상하게 된다. 이런 때 감수성은 비로소 마음과 몸의 시달림에서 풀려난다. 스피드는 휴식의 반대 극점에 서게 된다.

—

옳거니 그르거니 내 몰라라
산이건 물이건 그대로 두라
하필이면 서쪽에만 극락세계랴
흰 구름 걷히면 청산인 것을

是是非非都不關   시시비비도불관
山山水水任自閑   산산수수임자한

莫問西天安養國　막문서천안양국

白雲斷處有靑山　백운단처유청산

-임제 의현_{臨濟義玄} 선사

—

風靜花猶落　풍정화유락

鳥鳴山更幽　조명산갱유

天共白雲曉　천공백운효

水和明月流　수화명월류

바람 고요한데 꽃은 지고

새소리에 산은 더욱 그윽하다

하늘은 흰 구름 함께 밝아오고

시냇물은 밝은 달 따라 흘러간다

-휴정 선사

• 휴정休靜(1520-1604): 조선 중기의 승려로, 호는 청허淸虛이며 서산대사西山
  大師로 알려져 있다. 사명당(사명대사)의 스승으로 임진왜란 때 승병을 모
  집하여 왜적을 물리쳤으며, 불교개론서인 〈선가귀감 禪家龜鑑〉 등 많은 가
  르침을 남겼다.

〈무문관無門關〉의 저자 혜개慧開 선사 송頌

봄에는 꽃 피고
가을에는 밝은 달
여름에는 맑은 바람
겨울에 눈 내리니
부질없는 생각만 두지 않으면
이것이 인간세상 좋은 시절 아닌가

春有百花秋有月　　춘유백화추유월
夏有涼風多有雪　　하유량풍동유설
若無閑事掛心頭　　약무한사괘심두
便是人間好時節　　변시인간호시절

금강산 석불 앞에서

백운白雲

깊은 산속 불법은
바위 모습 그대로

큰 바위
작은 바위
저마다 원만한데

거짓 부처님을
만드느라고

공연히 벼랑 깨뜨려
법신法身 상했네

3

아무도 들어올 수 없는 곳

홀로 있기 · 침묵 · 말

—

참나 안에 있음이 곧 '홀로 있음'이다.

—

홀로 있음으로 해서 얻는 희열은 외떨어진 곳에서만 가능한 것이
아니다. 그러한 희열은 번잡한 도시 속에서도 찾을 수 있다. 희열
은 홀로 떨어져 있는 곳이나 번잡한 도심에서 구할 대상이 아니고
바로 '자아' 속에서 찾아야 한다.

—

'홀로'라는 낱말 자체는
물들지 않고
순진무구하고
자유롭고
전체적이고
부서지지 않는 걸 뜻한다.
홀로 있으면서 자신과 친해지라.
홀로 있을 만큼 강하다면
그 홀로 있음 속에서 창조성이 생겨나고
침묵의 방에서 최종 결정이 내려지는 법.

홀로 있는 상태 속에서 당신은 더 이상 쾌락이나 위로 또는 만족을 추구하지 않기 때문에 아무에게도 심리적으로 기대지 않는다. 그러한 때에만 마음이 완전히 혼자며 그러한 마음만이 창조적이다.

—

지성이란 어떤 형식이나 두려움에 얽매이지 않고 자유롭게 생각하여, 무엇이 진실이고 참된 것인지 당신 스스로 알아내는 능력이다.
　홀로 있으려면 엄청난 지성을 지녀야 한다.

—

홀로 있는 수행자는 범천梵天과 같고
둘이 함께라면 신神과 같으며
셋이면 마을 집과 같다.
그 이상이면 난장판이다.

—

진리를 추구한 사람들은 언제나 혼자였다. 삶의 진정한 의미를 발견하고자 했던 사람들은 늘 아무도 들어올 수 없는 자기 자신 속으로 들어갔다.

—
소로우는 말한다.

"확신하거니와, 내가 만약 산책에 동반자를 찾는다면 나는 자연과
하나가 되어 교감하는 어떤 내밀함을 포기하는 것이 된다."

—
홀로 선다는 것은 안으로 풍부해진다는 뜻이다.

—
누구나 홀로 있는 시간을 가져야 한다. 그것도 자주.
특히 이른 아침이면 홀로 깨어
평원에 어리는 안개와
지평의 한 틈을 뚫고 비쳐오는 햇살과 만나야 한다.
어머니인 대지의 숨결을 느껴야 한다.
가만히 마음을 열고
한 그루의 나무가 되어 보거나
꿈꾸는 돌이 되어 보아야 한다.

실재reality는 환경에 얽매이지 않고 나아갈 때 존재한다. 사람은 홀로 있어야 하지만 이 홀로 있음이 고립은 아니다. 이 홀로 있음은 온갖 수단이 난무하는 탐욕, 증오, 폭력의 세계로부터 자유롭다는 것을 의미하며, 고통스러운 외로움이나 절망으로부터 자유로운 걸 말한다.

홀로 있기 위해서는 어떤 종교나 국가, 어떤 신념이나 도그마에도 속하지 않는 아웃사이더가 되어야 한다. 이 홀로 있음이 존재할 때 비로소 인간이 전혀 손상시킬 수 없는 순수성과 만나게 된다. 세상의 온갖 시끄러운 속에 있으면서도 거기에 휩쓸리지 않고 살아갈 수 있는 것은 바로 이 순수성이다.

—

사람은 때로는 외로울 수 있어야 합니다. 외로움을 모르면 삶이 무디어져요. 외로움은 옆구리께로 스쳐지나가는 마른바람 같은 것, 그런 바람을 쏘이면 사람이 맑아집니다. 하지만 외로움에 갇혀 있으면 침체됩니다.

—

남들에 의해서가 아니라 스스로 자기 자신을 다룬다—수직적 중심中心!

—

우리가 이루어야 할 성숙이란

더욱 단순해지고

더욱 진실해지고

더욱 순수해지고

더욱 평온해지고

더욱 온화해지고

더욱 친절해지고

더욱 인정 깊어지는 것.

-알베르트 슈바이처 〈열정을 기억하라〉

—

정신의 공간, 정신이 날개를 펼칠 수 있는 곳은 침묵이다.

—

침묵을 만들어내는 것은 소리의 사라짐이 아니라 귀를 기울이는
자질, 공간에 생명을 부여하는 존재의 가벼운 맥박이다.

당신이 생각의 처음을 볼 수 있는 곳은 오직 침묵 속에서이다.
침묵이 있는 곳에는 공간이 있다. 침묵은 우주의 불가사의한 에너
지를 지니고 있다.

침묵은 진리의 어머니다.
질문이 멈추어야 해답이 나오기 시작한다.

—

사랑에 침묵이 따르지 않는다면
마침내 빈 껍데기로 소멸될 것이다.
사랑은 침묵 속에서 여물어 간다.
가까이에 있건 멀리에 있건 간에
침묵 속에 떠오르는 그 얼굴을 익혀두라.

—

침묵은 세월의 체다.
침묵 속에서 걸러지고 남은 알맹이만이 진짜다.
한때 들뜬 마음으로 좋아했던 사람이나 물건도
세월이, 저 침묵의 세월이 흐르고 나면
알맹이와 껍질이 가려진다.

—

말로 이루어진 기도는 기도가 아니다.

진실한 기도는 오직 침묵으로 이루어진다.

기도란 마음을 열어 자신의 본성에 마주치는 일이므로,

어떤 염원을 기계적으로 되풀이하여 외우는 일이 아니다.

—

내게는 침묵을 통해서 모든 것을 깨달을 수 있다는 체험이 날마다 자라고 있다.

　진정한 침묵은 입만 다문다고 해서 이루어질 수는 없다. 바깥소리는 무엇이거나, 듣기 좋은 음악이라 할지라도 듣지 않아야 한다. 그래야만 참으로 침묵의 바다에 잠길 수 있다.

—

모든 것은 소리를 가지고 있는 것 같다. 들판에 고독하게 홀로 서 있는 나무는 모든 다른 나무들과는 구별되는 특별한 소리를 가지고 있다. 거대한 세쿼이아 나무는 그 자신의 심오하고 영원한 고대의 소리를 가지고 있다.

　침묵은 또 그 자신의 특유한 소리를 갖고 있다.

내가 없어야 한다. 자아自我가, 자아중심적인 행동이, 되어가는 것
이 없어야 한다. 크나큰 침묵과 하나가 되어야 한다. 침묵은 모든
것의 텅 비어 있음을 뜻한다. 그리고 그 텅 비어 있음에는 무한한
공간이 있다. 거기에는 이기주의적인 에너지, 한정된 에너지가 아
닌 무한정한 에너지가 있다.

네 침묵은 무엇이 되기 위해 땅속에서 썩는 씨앗(밀알)의 침묵과
같다.

-〈성채〉

—

침묵은 우주의 언어다.

　다른 사람이 무슨 말을 하고 무슨 행동을 하며 무엇을 믿든지
당신은 상관할 바 없다.

　그리고 그 사람을 완전히 홀로 내버려두라.

—

말할까 말까 망설여질 때는 말 대신 침묵을 택해야 한다.
그러나 두려움 때문에 지키게 되는 침묵은 침묵이 아니다.

—

내가 요 근래 음악을 듣는 것은 음악 그 자체보다도 음악이 끝나고
나서 오는 그 침묵, 그 고요에 귀 기울이기 위해 듣는 것 같다. 소
리 없는 소리가 내 마음을 훨씬 아늑하고 편하게 한다.

—

귀에 들리는 침묵의 밤!
나는 들리지 않는 것을 듣는다.
(나는 소리 없는 소리를 듣는다)

소리를 듣는가, 아니면 소리들 사이의 침묵을 듣는가? 만약 침묵이 없었다면 그래도 소리가 있었을까? 당신이 침묵에 귀 기울였을 때, 종소리가 더욱 뚜렷하고 색다르게 들리지 않았는가? 그러나 보라. 우리는 좀처럼 무엇에도 주의를 기울이지 않는다.

저는 몇 년 전부터 나 자신과 교감할 수 있는 시간을 얻기 위해 매주 하루를 침묵의 날로 지키기 시작했습니다. 그러나 이제는 이 24시간이 영적인 생명력을 위해 필요한 시간이 됐습니다. 주기적으로 침묵을 선언하는 것은 고통이 아니라 축복입니다.

-간디

—

吾有一言	오유일언
絶慮忘緣	절려망연
兀然無事坐	올연무사좌
春來草自靑	춘래초자청

내가 한마디 하고자 하노니,

생각 끊고 반연 쉬고

일없이 우뚝 앉아 있으니,

봄이 오매 풀이 저절로 푸르구나.

-〈선가귀감〉

—

이런 이야기가 있다.

산을 넘어가는 고갯마루에 돌미륵이 한 분 서 있다. 두 사람의 나그네가 고갯길을 올라와 이 돌미륵 앞에서 잠시 쉬더니 갑자기 한쪽이 다른 한 사람을 칼로 찔러 죽이고 지닌 돈을 털었다. 살인을 한 사내는 돌미륵이 지켜보고 있음에 마음이 쓰여 못마땅한 얼굴로 이렇게 을렀다.

"지금 일어난 일을 누구한테 말하면 재미없어!"

돌미륵은 빙그레 웃으면서 이렇게 당부했다.

"나는 아무 말 안 할 테니 그대 자신이나 아무에게도 이야기하지 말게."

　그로부터 20년이 지나갔다. 같은 고갯길을 두 사람의 사내가 올라왔다. 이 돌미륵 앞에 이르자, 한쪽 사내가 무심코 말을 꺼냈다.

　"옛날 여기에서 친구를 죽이고 돈을 빼앗은 사내가 있었다네."

　함께 왔던 사내는, 사실은 전에 살해된 사람의 아들이었다. 아버지의 원수를 갚기 위해 벼르면서 이날 이때껏 길을 헤매 다녔던 것이다. 그는 마침내 아버지의 원수를 갚을 수 있었다. 돌미륵이 말없이 지켜보는 그 아래서.

—

마음의 세계란
비밀로 간직할 때
더욱 아름답게 반짝이고
더욱 깊고 푸른 강이 된다.

—

설명하지 말라. 당신의 설명은 당신의 감정을 언어로 구성한 것일 뿐이지 실제 사실은 아닐 것이다. 단지 귀 기울여 들으면서 당신 스스로 발견해내라.

—

"마음의 평화를 무엇보다도 존중하는 당신에게 장애가 되는 것은 아마 숱한 말일 거요. 해탈이니 덕이니 윤회니 열반이니 하는 것은 모두가 말에 지나지 않소. 고빈다, 실은 열반이란 것도 없소. 단지 그 열반이라는 말이 있을 뿐이오."

완성자는 미소를 짓는다.

-헤르만 헤세 〈싯다르타〉

—

어느 날 소크라테스에게 이웃사람이 헐레벌떡 뛰어왔다. 그는 얼마나 흥분했는지 한참이나 먼발치에서 이렇게 고함을 질렀다.

"이보게, 소크라테스! 자네에게 꼭 할 말이 있네. 자네 친구 놈이 말이야……."

소크라테스는 당장에 말을 끊고 그 사람에게 자기가 하려는 말을 세 가지 체로 걸렀는지 물어보았다. 즉 진실의 체, 친절의 체, 필연성의 체로 걸렀는지를.

그리고 소크라테스는 웃으며 이렇게 말했다.

"만일 자네가 내게 하려는 말이 진실한 말도 아니고, 친절한 말도 아니고, 꼭 필요한 말도 아니라면 그 말은 그저 땅에 묻어버리게. 그래야 자네나 나나 그것 때문에 괜히 속 썩는 일이 없을 거네."

지혜로운 사람은 그가 하는 말의 짧막함으로 알아본다.

—

허다한 사람들이 말을 참지 못한다. 모임의 사회(의장)치고 발언 허락에 골치를 앓지 않는 사람은 없다. 그리고 발언의 허락을 얻은 사람 대개는 정해진 시간을 넘기고, 시간을 더 달라는 요청도 없이 말을 계속한다. 이런 말들이 세상에 유익이 되는 수는 거의 없다.

—

생각은 숨어 있는 말이요
말은 드러난 생각이다.

—

"나는 그동안 수많은 말을 듣고 또 들었다. 진심이 담겨 있지 않은 '좋은 말'은 오래가지 못하는 법이다. 좋은 언어가 죽은 사람을 살려내지 못한다. 문명인들은 말만 늘어놓고 아름다운 언어에 매혹되기만 할 뿐 실천하지 않는다. 아무런 결과도 없는 '말뿐인 말들'에 나는 지쳤다. 그 많은 좋은 언어들과 지켜지지 않은 약속을 생각할 때마다 내 가슴에는 찬바람이 분다. 세상에는 말할 자격이 없는 사람들이 너무도 많은 말을 떠들고 있구나."

—

말로써 설명이 가능한 앎은 참된 앎이 아니다. 그것은 직접 맛을 보지 않으면 느낄 수 없는 달콤함을 설명하는 것이나 마찬가지다. 달콤함을 맛본다면 그대는 그것을 이해하기 위한 말을 필요로 하지 않는다.

—

극기克己를 많이 하거나 일에 몰두한 사람은 말이 적다.
말과 행동은 서로 잘 맞지 않는다.
자연을 보라.
일순간도 쉬지 않고 끊임없이 일을 한다.
그러나 말이 없다.

—

불필요한 것을 말하지 않고 가능한 몇 마디로 필요한 것만 이야기 한다면 우리 시간뿐 아니라 다른 사람의 시간도 건질 수 있으리라.

—

知者無言　　지자무언
言者無知　　언자무지

아는 사람은 말하지 않고
말하는 사람은 알지 못한다

-〈도덕경〉

—

言有窮而 意無盡　　언유궁이 의무진

말에는 끝이 있으나 뜻에는 끝이 없다.

-신수神秀

• 신수神秀(?-706): 당나라의 선승. 중국 북종선北宗禪의 시조.

4

소리 없는 음악

명상

—

어째서 그대 안의 살아 있는 근원에게 묻지 않는가?

—

혼자서 조용히 명상하는 습관을 들이라.
명상은 현재를 최대한으로 사는 방법 중의 하나다.
명상은 삶과 떨어진 것이 아니라 가장 알찬 삶이다.
모든 것을 놓아버려라.
전에 있었던 일을 기억하려고 하지 말라.
그것은 이미 죽은 것.
기억에 매달리면 현재의 삶이 소멸된다.
(순수하게 홀로 존재할 수 없다.)
명상은 홀로 존재하는 시간.
안팎으로 일어난 일들을 그대로 지켜보라, 무심히.
나는 누구인가? 거듭거듭 물으라.

—

기도의 마지막 단계가 바로 명상이다.

명상은 소리 없는 음악이다.

바라보는 자가 사라진 바라봄, 사랑의 무한한 꽃피어남이 바로 명상이다.

사랑은 명상의 결실이다. 명상은 많은 보물을 가져다준다. 아마도 사랑이 명상의 덤불에서 피어나는 가장 아름다운 꽃이리라.

명상 속에서는 당신과 나의 경계선이 사라진다. 명상 속에서 침묵의 빛은 나에 대한 앎을 파괴한다. 나는 날마다 변하기 때문에 무한히 탐구할 수 있다.

명상은 현재의 것에 대한 순수함이다. 그러므로 명상은 언제나 '홀로'다. 철저하게 홀로이다.

사고思考가 끼어들지 않는 마음은 축적을 하지 않는다. 그러므로 마음을 비워버릴 수 있는 것은 언제나 현재 속에서만 가능하다.

—

명상은 충만한 가슴에서 일어나지 지적인 능력이나 명석함에서 나오지 않는다.

가슴이 열려 있을 때만 명상의 축복은 찾아든다. 명상은 사색의 열쇠로도 열리지 않으며 지성에 의해 안전해지는 것도 아니다. 오직 구름 한 점 없는 하늘처럼 활짝 열렸을 때 초대하지 않아도 알지 못하는 사이에 찾아온다.

—

명상은 언제나 새롭다.
명상은 연속성을 갖지 않기 때문에
과거의 것과 아무런 관계가 없다.
새로움이란 새로 켠 촛불과 같다.
초 자체는 같아도.

—

분노 그 자체는 쓸데없는 것이며 자신을 구속한다. 그대가 화를 내면 낼수록 분노는 삶으로 계속 이어진다. 그것은 원인과 결과의 연속성을 갖고 그대를 구속할 것이다. 그대의 분노는 그대 자신을 파괴할 뿐 아니라 다른 사람에게도 큰 영향을 준다.

분노는 욕망의 좌절에서 나온다. 나는 다른 사람한테 아무것도 기대하지 않는다. 그래서 남의 행동 때문에 내 마음이 흔들리지 않는 것이다.

분노로부터 벗어나려면 명상하라! 명상을 통한 정신적인 세척이 필요하다.

명상은 창조적인 에너지의 방출이다.

—

명상을 하면 내면의 에너지가 일깨워지고 너의 내면에서 자연적인 요가수행이 일어난다. 요가라고 하면 대개의 사람들은 신체적인 어떤 운동을 상상하지만, 요가의 문자 뜻은 '다시 합일合─되는 것'이다. 다시 말해 분리되었던 너의 진정한 자아와 다시 만난다는 뜻이다.

—

명상은 경험을 비우는 것이라서 의식적이든 무의식적이든 항상
진행하고 있다. 따라서 하루 중 어떤 시간에만 이루어지는 행위가
아니다. 일상생활과 명상, 종교생활과 세속생활 사이에는 분리가
없다.

—

규칙적으로 명상을 하라.

수행에 가장 좋은 시간은 하늘이 대지와 가장 가깝게 마주하고
있는 시간, 새벽이다.

그 다음은 해가 지는 시간. 이 시간에는 세상이 좀 더 평온해지
고 당신의 명상을 덜 혼란시킬 것이다.

—

역사상 참으로 위대한 인물은 모두 명상할 줄 알았거나, 적어도 명
상에 의해서 이르게 되는 길을 무의식적이나마 깨닫고 있었다. 그
렇지 못한 사람은 아무리 탁월한 재능이 있고 의지가 강한 사람이
라도 결국은 모두 실패하고 말았다.

그대가 명상수행을 하지 않고 지낸다면 비록 오래 산다 할지라도 악덕을 쌓아가는 것에 불과하다. 그러니 세상살이의 모든 욕망을 버리고 명상에 전념하도록 하라. 사람들과 모여앉아 잡담이나 하는 것으로 소중한 시간을 낭비하지 않도록 하라.

삶이 곧 명상이 되어야 한다.
순간순간이 숨이 되어야 한다.
그래야 변화가 일어난다.

명상가가 더 이상 명상을 하지 않게 되는 순간이 온다. 명상하는 사람이 명상 자체가 될 때이다.

내적인 충만이 넘칠 때 그때 자연스럽게 밖으로 드러날 것이다. 이 것은 삶의 중요한 테크닉의 하나이다.

—

위빠사나vipassana─'보다[觀]'의 뜻. '관조하다'라는 뜻.
관조에는 세 관계가 있다.

1. 몸에서 출발, 몸의 움직임을 지켜봄. 걷는 것도 명상.
2. 마음을(생각을) 지켜본다. 이대로 그저 지켜보기만 하고 판단하
   지 말라. 감정이 일어날 때 지켜보면 감정은 그대를 사로잡지 못
   한다.
3. 가슴을 지켜본다. 몸과 마음과 가슴을 온전히 관조할 수 있게 되
   면 더 이상 할 게 없다. 그 다음은 저절로 일어난다. 가슴이 존재
   로 비약.

비우는 것, 이것이 명상의 전부다. (쉬라, 내려놓으라)
모든 것을 비우라.
아무 것도 남아 있지 않도록 그대 자신마저 비우라.
모든 것을 비웠을 때 내려오는 완전한 침묵,
이것이 진정한 자유다.

진공묘유眞空妙有.

영혼의 삶과 육체의 삶이 만나거나, 그 영혼의 삶이 육체의 삶을 통해 표현되고 활동할 수 있는 것은 마음이라는 매개체를 통해서다. 그러므로 마음이 항상 맑고 밝아야 한다.

우주의 대생명력과 우리 자신이 하나라는 사실을 깨달으면 마음이 저절로 맑고 밝아진다.

—

모든 사념思念은 우주에서 영원히 진동한다.

—

모든 생각은 물질화될 수 있다. 생각이 먼저이고 물질화는 나중이다. 너의 의식 속에 존재하는 것은 무엇이든지 외부세계에 구체화된다.

—

당신의 마음은 기름진 밭과 같다. 당신이 닥쳐오는 어떤 문제에 시간을 많이 주면 그것은 잡초처럼 거기에 뿌리를 내린다. 그렇게 되면 나중에 뽑아내는 수고를 해야 한다. 그러나 문제가 뿌리를 내릴 시간을 주지 않으면 자랄 곳이 없어서 이내 시들고 만다.

—

어떤 생각이 자신의 마음을 지배할 때는 그 전체를 꿰뚫어 보아야 할 일이지 그것과 싸워서는 안 된다.

—

투명한 단순성!

—

나는 추상적 실체가 아니다. 따라서 나는 현존 혹은 현실성 속에서 나를 탐구하지 않으면 안 된다. 즉 내가 바라는 바의 내가 아니라 지금 있는 이 나를 탐구하지 않으면 안 된다.

먼저 당신 자신을 이해하라. 그러면 그 자아에 대한 앎으로부터 올바른 행동이 나올 것이다.

—

자신을 보라!

네가 말없이, 이미지 없이, 완전히 주의 깊은 침묵 속에 앉아 자기 자신을 바라보는 것, 한 마디로 명백히 바라보는 것을 뜻한다.

—

'나는 누구인가?'라는 내면의 탐구를 냉철하게 계속해 나가라. 그대의 전인격을 파헤쳐라. '나'라는 생각이 어디서 생겨 나오는지를 발견하도록 하라.

명상에 정진하라. 그대의 의식을 끊임없이 내면으로 돌려라. 언젠가는 생각의 쳇바퀴가 속도를 늦추고 직관이 신비스럽게 떠오를 것이다. 이 직관을 따르라. 생각은 멈추도록 내버려 두라. 그러면 그대는 마침내 목표를 향해 인도될 것이다.

—

내 생각이나 언어 동작을 낱낱이 지켜보고 있는 자가 있다. 그가 바로 참나다. 그것은 원초적인 침묵이기도 하다. 우리의 참 모습을 찾는다는 것은 전적인 내적 변화를 요구한다.

—

그대는 본래 어떤 이름도 갖고 있지 않았다. '이름 없음'이 바로 그대의 참 모습이다.

—

그대들은 지금이야말로 본래 일없는 사람임을 알 것이다. 다만 그대들이 이것을 믿지 않기 때문에 밖에서 찾아 헤매는 것이다.

—

너 자신을 위하여 고요히 자리에 앉으라. 눈을 감고 너의 사람을 지켜보라. 너는 사람 그 자체가 되지 말고 너의 사람을 지켜보는 자가 되라.

—

선禪은 동양정신의 전형적인 꽃.
선은 그대의 실체, 그대의 참 모습이다.

—

좌선坐禪은 존재의 근원에 앉아 있음이다.

—

마음을 비워두라.
텅 비어야 그 안에서 메아리가 울린다.

—

가슴을 사랑으로 채우고 고상한 것을 묵상하라. 자주 영혼에 대해서 생각을 하면 그것이 당신을 영혼과 가까워지게 할 것이다.

—

행복할 때는 행복에 매달리지 말라.
불행할 때는 이를 피하려고 애쓰지 말고 그냥 받아들이라.
산 위에서 바라보라.
항상 지켜보는 자로 남아 있으라.

—

관찰을 계속하면 지켜보는 힘이 늘어난다.

—

사실을 있는 그대로 보라. 너희가 사실을 이해할 때 거기 즐거움도 없고 고통도 없다. 다만 사실이 있을 뿐이다.

그냥 보기만 하라. 비판하지 말라.
비판하는 순간, 당신은 그들과의 관계에서
떠나 있으며 그것들과 당신 사이에는
장벽이 생겨난다. 그러나 그냥 관찰
하기만 한다면 그때 당신은 사람과
사물에 직접적인 관계를 가질 것이다.

—

그냥 보기만 하라. 비판하지 말라. 비판하는 순간, 당신은 그들과의 관계에서 떠나 있으며 그것들과 당신 사이에는 장벽이 생겨난다. 그러나 그냥 관찰하기만 한다면 그때 당신은 사람과 사물에 직접적인 관계를 가질 것이다.

—

우리가 만약 보는 법을 알면, 그때는 모든 것이 분명해진다. 그리고 보는 일은 철학도 선생도 필요로 하지 않는다. 아무도 당신에게 어떻게 볼 것인가를 가르쳐줄 필요가 없다. 당신이 그냥 보면 된다.

—

모든 것은 있는 그대로 존재한다. 그것들은 좋거나 나쁘거나, 강하거나 약한 것이 아니다. 그런 것은 판단에 따른 것일 뿐이다.

—

결코 현상에 휘말리지 말라. 모든 일에 관조자가 될 수 있을 때 그대는 확고한 힘을 얻을 것이다.

육체가 무슨 일을 하든, 마음이 무슨 일을 하든, 지켜보라.

—

제3의 눈. 상상력과 직관과 영혼의 눈이다. 제3의 눈은 모든 것을 보며, 모든 것을 받아들여 환영하고, 아무 것에도 집착하지 않고, 아무 것도 소유하지 않고, 아무 것도 붙잡지 않고, 아무 것도 거절하지 않으며 아무 것도 가지지 않은 사랑의 눈이다.

—

내면의 눈으로 보게 하고 내면의 귀로 듣게 하라.
(눈 속의 눈으로 보게 하고 귓속의 귀로 듣게 하라.)

—

"제3의 눈은 상상의 눈, 통찰의 눈, 그리고 사물의 본질을 꿰뚫어 볼 수 있는 눈입니다. 오직 그 눈만이 신비와 미지의 세계를 볼 수 있고, 암흑 속에서도 앞을 볼 수 있습니다. 제3의 눈을 갖게 되면 이 세상의 총체적인 모습을 볼 수 있습니다."

—

영적인 안목으로 볼 때 인간이 바라고 필요로 하는 모든 것은 언제 어느 때나 '지금 이 자리'에서 얻을 수 있다. 그것을 볼 수 있는 눈을 갖추면 된다. 당신은 무언가 색다른 것을 볼 필요가 없다. 다만 늘 보던 사물을 형상 너머의 다른 각도로 보면 된다.

—

중요한 것은 얼마나 훌륭한 것을 보았는가가 아니라 그것을 어떤 마음의 눈으로 보았는가이다.

힌두의 성자 마누는 말했다.

"자신의 영혼 속에서 모든 존재 속에 깃든 지고의 영을 알아보고, 거기에 의지해 마음의 평정을 얻은 사람은 최고의 축복을 받은 사람이다."

우리의 두뇌는 항상 무엇엔가 사로잡혀 있어 결코 평온하지 못하다. 당신의 마음이 아무 것에도 사로잡혀 있지 않을 때 그것은 상상할 수 없을 만큼 자유로운 상태이며, 그때 그 마음은 위대한 아름다움을 보게 된다.

모든 존재는 고귀한 것이고 또한 생의 목적을 가지고 있다. 그 목적을 실현하기 위해서 스스로 자기를 다스리는 힘이 필요하다. 그것이 곧 영적인 힘이다.

—

태식胎息이란:

코로 천천히 기氣를 빨아들이고

뱃속에 기가 가득 차면

그것을 아끼듯이 일단 멈춘다.

마음속으로 120까지 헤아리고

입술을 조금 벌려 천천히 내뿜는다.

마음과 호흡이 서로 하나가 되어 잡념이 생기지 않으면

세는 것을 그만두고 그 자연스러움에 맡긴다.

안정安定은 지혜를 낳아 절로 환하게 깨닫게 된다.

비유하자면, 장님이 갑자기 눈을 뜨는 것과 같다.

—

대체로 정좌靜坐하는 방법을 택할 때 처음에는 망상이 버려지지 않는다. 하나의 상념에 집중하다가 이 하나의 상념마저 없애어 마치 물 위에 물결이 일지 않는 것처럼 한다. 그러면 고요한 나머지 한없는 담백함의 의미를 깨닫게 된다.

인도에서 동굴이 항상 요기와 수행자들이 좋아한 거처가 되어왔다는 사실은 흥미롭다. 고대인들은 동굴에 신을 모셨다. 배화교의 창시자인 차라투스트라는 동굴 속에서 명상을 했고, 마호메트도 동굴 속에서 종교체험을 했다.

인도 요기들은 마땅한 곳이 없을 때 동굴이나 땅굴을 선호하는데, 그것은 이곳이 기후의 변천과 열대의 밤낮을 구분 짓는 기온의 급격한 변화로부터 그들을 보호해주기 때문이다. 명상을 방해하는 빛과 소음이 적고, 동굴의 가두어진 공기를 호흡하는 것은 식욕을 현저히 감소시켜주고, 그럼으로써 육신을 돌보아야 하는 일을 최소한도로 줄여준다.

인도 사람들의 인사 나마스테namaste:
"모든 우주를 품고 있는 당신을 존경합니다. 만일 당신이 당신 속에 있다면 나 역시 내 자신 속에 있습니다. 우리는 유일한 하나입니다."

—

합장:

'내 영혼과 당신의 영혼은 하나입니다'라는 뜻.

—

색色과 공空(현상 · 본질)

이 세상 만물은 그것이 눈에 보이는 세계에 모습을 나타내기 전에 이미 안 보이는 상태로 존재한다. 이런 의미에서 볼 때, 눈에 안 보이는 것이 오히려 현실적인 것이고, 눈에 보이는 것은 비현실적이다. 안 보이는 것이 영원한 것이고 눈에 보이는 것은 항상 변하며 일시적이다.

이 육체란 콩이 들어가 있는 콩깍지에 불과하다. 수만 가지로 그 겉모습을 바꾸기는 해도 생명 그 자체는 절대로 소멸되는 법이 없다. 생명은 우주의 영원한 원리이다. 따라서 겉에 드러난 숨 쉬는 얼굴은 달라질지라도 생명 그 자체는 끝이 없다.

—

전체가 되기 위해서는 무無가 되어야 한다.

—

네가 마음을 안정시켜 명상하고 자신의 마음에 있는 진리와 정의에 비추어 판단해 나간다면 점차 모든 것이 분명해질 것이다.

—

당신이 현명해지려고 애쓰는 순간 당신은 현명해지기를 그친다. 문제는 어떻게 현명해지느냐가 아니라 어리석음으로부터 어떻게 벗어나느냐에 있다.

—

그대의 에너지는 고갈되지 않는 원천을 가지고 있다. 그것은 그대의 에너지가 곧 우주 전체의 에너지와 연결되어 있기 때문이다.

—

중요한 것은 그대가 아는 것, 그대가 긁어모은 지식이나 경험이 아니라, '사물을 있는 그대로 보고 그것을 직접적으로 이해하는 것'이다.

—

이원성二元性이 사라지는 것, 이것이 바로 새로운 삶의 시작이다.

—

문제를 별개의 부분들로 쪼개지 말고
세상을 주시하되 전체적으로 보라.

—

부처님은 말씀하신다.

"허물이 있으면 드러내고
덕행이 있으면 감추라.
그러면 그대 마음은 곧 청정해지리라."

관심법觀心法

고요히 앉아 등을 똑바로 세우고 마음의 움직임을 관찰해보라. 마음을 억지로 조절하려 하지 말고 이 생각에서 저 생각, 한 대상에서 다른 사물로 뛰지 말라고 마음에게 말하지 말고,

'그냥 마음이 움직이는 대로 깨어 있어 보라. 마치 강둑에 앉아서 강물의 흐름을 내려다보듯.'

거기 대해 아무 것도 하려 하지 말고 그냥 바라보기만 해보라.

그것은 영원히 움직인다. 한 곳에서 다른 곳으로 나비처럼 옮겨다닌다.

—

若菩薩　欲得淨土　當淨其心　　약보살 욕득정토 당정기심
隨其心淨　則佛土淨　　수기심정 즉불토정

만약에 보살이 정토를 얻고자 한다면
마땅히 그 마음을 청정하게 할지니
그 마음이 청정해짐을 따라서 불국토가 청정해지느니라.

−〈유마경〉

무심無心에 대하여

문: 사람에게 마음이 없다면 초목과 다를 것이 없는데, 무심이란 무엇을 말하는가?

답: 무심이란 마음 자체가 없다는 말이 아니고, 마음속에 아무것도 없음을 말한 것이다. '빈병'이라고 할 때 병 속에 아무 것도 없다는 것을 말한 것이지 병 자체가 없다는 뜻이 아닌 것과 같다.

—

無事是貴人 但莫造作　무사시귀인 단막조작

-〈임제록〉

• 법정 스님이 남긴 〈일기일회〉에서 이 구절에 대해 다음과 같이 말씀하셨다: "있는 그대로가 귀하다. 일부러 꾸미려고 하지 말라."

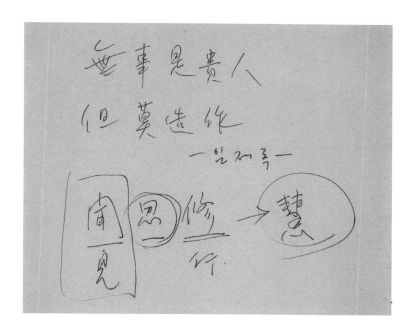

125

—

올 때는 흰 구름 더불어 왔고
갈 때는 밝은 달 따라서 갔네
오고 가는 그 주인은
마침내 어느 곳에 있는고

간다, 봐라

—

다섯 이랑 대를 심고

다섯 이랑 채소 갈고

한나절은 좌선하고

한나절은 글을 읽고

—

선자 덕성船子 德誠, 그는 도를 얻은 후 이름을 숨긴 채 작은 배를 타
고 인연에 따라 날을 보내면서 제자를 기다렸다.

千尺絲綸直下垂　　천척사륜직하수

一波纔動萬波隨　　일파재동만파수

夜靜水寒魚不食　　야정수한어불식

滿船空載月明歸　　만선공재월명귀

천 길 낚싯줄을 곧바로 드리우다

한 물결 일렁이니 수만 물결 따라 인다

밤 고요하고 물 차가워 고기 물지 않아

빈 배에 가득 달만 싣고 돌아간다

-송대宋代 선자 덕성 선사

一

山自靑　水自綠　　산자청　수자록
淸風拂　白雲歸　　청풍불　백운귀
盡日遊　盤石上　　진일유　반석상
我捨世　更何希　　아사세　갱하희

산 절로 푸르고 물 절로 흐른다
맑은 바람 불고 흰 구름 간다
온 종일 하릴없이 반석 위에 노니나니
나는 세상을 버렸는데 다시 무얼 바라나

-경허鏡虛 선사

一

卽時現今　更無時節　　즉시현금　갱무시절

지금이 바로 그때지 다른 시절은 없다.
(바로 지금이다. 시절이 따로 있지 않다.)

-〈임제록〉

향십덕香十德

귀신도 감동한다.
심신을 청정하게 한다.
더러움을 제거한다.
잠을 깨운다.
고요 속에 벗이 된다.
분주함 속에서 한가를 누린다.
많아도 싫지 않다.
적어도 넉넉하다.
오래 두어도 더럽히지 않는다.
항상 사용해도 방해되지 않는다.

-일휴 선사

* 향십덕: 향의 열 가지 덕德.
* 일휴一休(1394-1481): 일본 임제종의 선승. 27세 때 깨친 뒤 화통무애한 선기禪機를 떨쳤다.

새봄의 기도

法頂

마른 가지 끝에 움을 트게 하는 것은
무슨 힘일까?
동이 트기 전 나의 창가에
연둣빛 안개를 풀어놓고 사라진 이는
누구일까?
그분 앞에 꿇어앉아 향香을 사르며
새봄의 기도를 드리고 싶네.

I
제게 있는 것을 주게 하소서
남김없이 죄다 주게 하소서
퍼내어도 퍼내어도 마르지 않는 샘물처럼
철철 넘치게 하소서
한 사람을 안기에는
너무도 연약하고 서투른 이 팔로
억만의 이웃을 안을 수 있는
모순을 갖게 하소서

Ⅱ
깨어나게 하소서
동심同心하게 하소서
사나운 짐승처럼 물고 뜯는
타락한 문명인들에게도
봄을 내리소서
박꽃 같은 봄을 내리소서
메마른 땅에서 싹이 돋는 소리를 듣고
눈을 뜨게 하소서
핏발 선 눈에 이슬을 내리시고
가시 돋친 입에는 웃음을 머금게 하소서
우리들의 손에는 살생의 연장 대신
향기로운 꽃가지를 들게 하소서

Ⅲ
더러는 만나게 하소서
눈에 보이지 않는 세상 뒷일이
오히려 환히 보이고
무량겁이 일념으로 느껴지는
조촐한 이웃들끼리 마주앉아
까맣게 잊어버린 인간의 목소리를
장엄한 음악처럼 듣게 하소서

그 선한 음성이 온 누리를 메아리치게 하소서
하지만 한데 섞지는 마소서
거문고 줄이 한 가락에 떨면서도
따로따로이듯이
그러한 몸가짐으로 있게 하소서

IV
이 봄에는 저에게도
철이 좀 들게 하소서
병풍에 비친 난초 잎새처럼
제 영혼의 무게를 내려다보게 하소서
무익한 사물에는 눈을 멀게 하시고
장바닥의 소음에는 귀를 닫게 하소서
그리고
제가 하는 일이 곧 저의 존재임을 명심하게 하소서
잊지 않게 하소서

5

덜 갖고 더 많이 존재하라

무소유

—

덜 갖고 더 많이 존재하라!

—

왜 천사가 날아다닐 수 있을까요?
무거운 것을 지니고 있지 않아서 그렇다네요.

—

간소하고 간소하게 살라는 것.
자신의 인생을 단순하게 살면 살수록
우주의 법칙은 더욱 명료해진다.

—

내 영혼의 일부분이 될 수 없는 것은 절대로 내 것이 아니다. 우리 손에 들어오는 것은 그것을 소유하라는 게 아니며, 심지어 등에 지고 다니라는 것은 더더욱 아니다. 쓰라고, 잘 사용하라고 우리 손에 들어온 것이다. 우리는 그저 관리인일 뿐이며, 관리인의 입장에서만 그 물건들을 사용할 수 있다.

o 와~이 정말 중요한~~ 당신이 갖고있는 소유물이
아니라 당신 자신이 누구인가~~ 하는 것이다. 나는 그 사람이
어떤 사람이냐, 어떤 행위를 하느냐가 인생의 본질을
이루는 요소라 생각한다. 단지 생활하고 소유하는 것은
장애물이 될 수도있고 짐일 수도 있다. < 무엇을 가지고
있는것이 아니라, 그것으로 우리가 어떤 일을 하느냐가
인생의 진정한 가치를 결정짓는 것이다. >

삶에서 정말 중요한 것은 당신이 갖고 있는 소유물이 아니라 당신
자신이 누구인가를 아는 일이다. 나는 그 사람이 어떤 사람이냐,
어떤 행위를 하느냐가 인생의 본질을 이루는 요소라고 생각한다.
단지 생활하고 소유하는 것은 장애물이 될 수도 있고 짐일 수도 있
다. 무엇을 가지고 있는 것이 아니라 그것으로 우리가 어떤 일을
하느냐가 인생의 진정한 가치를 결정짓는 것이다.

내 생활을 한층 더 간소하게 해야 한다는 것과 이웃을 위해 어떤
구체적인 봉사활동을 해야겠다는 문제가 항상 마음을 들추고 있었
다. 그렇게 함으로써 내 마음에 평화가 좀 왔다.

—

긴 여행을 하기 위해서는 짐을 조금 들고 가야 한다. 아주 높이 올라가려면 가볍게 여행해야 한다.

—

단순소박하게, 천진난만하게 세상을 바라보니, 이 세상이 아름답게 보였다. 달과 별들도 아름다웠고, 시냇물과 강기슭, 숲과 바위, 염소와 풍뎅이, 꽃과 나비도 아름답게 보였다.

　마음으로, 기다리는 영혼, 활짝 열린 영혼으로, 격정도, 소원도, 판단도, 견해도 없이 귀 기울여 듣는 것을 배웠다.

—

우리가 참된 것을 발견하기 위해서는 인간이 만든 것에서 자유로워야 한다.

—

인간이 살아가기 위해서 도대체 무엇이 필요하고 무엇이 필요하지 않은가를, 평상시에 철저하게 성찰하고 있어야 한다.

　절제라는 미덕을 돋보이게 하기 위해서는 적은 것으로 살아가는 기술을 익혀야 한다. 생활을 언제나 결핍상태로 이끌어가는 것은, 그 자체가 감사를 느끼며 사는 지혜일 수도 있다.

―

가난은 사회로부터 완전히 자유로운 것이다. 마음이 사회로부터 자유로울 때 가난은 놀랄 만큼 아름다운 것이다. 우리는 내적으로 가난하게 되어야 하는데, 왜냐면 그래야만 아무 요구도 어떤 욕망도 없기 때문이다.

그렇다, 아무 것도!

이 내적 가난만이 삶의 진실을 볼 수 있으며 거기엔 아무 갈등도 없다. 그 같은 삶은 어떤 교회나 사원에서도 발견될 수 없는 축복이다.

-지두 크리슈나무르티

―

청빈淸貧이란 단순한 가난이 아니라 자연과 생명을 함께하면서(자연의 순리에 따라) 만물과 더불어 사는 일. 청빈이란 소유에 대한 욕망을 최소한으로 제한하는 일. 청빈이란 자신의 사상의 표현으로서 가장 간소한 삶의 선택.

소유를 필요한 최소한의 것으로 제한하는 것이 정신활동을 자유롭게 한다. 소유에 마음을 빼앗기면 인간적인 마음이 저해된다. 욕망이나 아집에 사로잡혀 가지고는 자기의 외부에 가득 차 있는 우주의 생명을 감지할 수 없다. 소유물을 최소화하여 스스로를 우주적 생명으로 승화시키는 수단이 바로 청빈이다. 아시아의 범신론적인 감성을 기반으로 한 적극적인 우주와의 합일 원리다.

—

우리들의 삶에는 지금껏 지니고 왔던 것을 죄다 버리지 않으면 안 될 그런 때가 온다. 그것은 언젠가 반드시 온다. 생애의 마지막까지 버리지 못한 사람도 임종 때는 자기의 목숨과 몸을 버리고 가지 않으면 안 된다.

태어날 때 어머니의 몸을 버리고 나온 우리들은 죽을 때 그 몸을 버리지 않으면 안 된다. 버리는 데서 시작하여 버리는 데서 끝나는 인생이라면, 그 도중에 버릴 것을 버리는 일은 있음직한 일이다.

—

그대의 소유욕을 최소한도까지 줄이고 그대의 생활을 최소한도까지 단순화하고 그대 마음의 힘에 정신을 집중하라. 마음의 힘은 일체를 창조하고 파괴하는 저 '신의 불'의 일부이다.

-에픽테투스

—

소유욕이란 정신의 진정한 자유와 진리탐구와는 양립할 수 없는 것. 인간을 제한하는 소유욕에 사로잡혀서는 소유의 좁은 벽에 갇혀 정신의 문이 열리지 않는다.

—

소유를 버리기 위해 우리는 여행을 떠난다. 오늘날의 여행자들은 끊임없이 떠나면서도 '저의 집' 속에 들어앉아 있고 싶어 한다. 움직이고 있는 동안에도 정착하고 있는 사람들.

—

짐은 그 인간을 말해준다. 짐은 물질적인 형상으로 나타난 인간의 분신과 같은 것이다.

—

한 성자가 숲속에서 홀로 살았다. 어느 날 다른 한 사람이 찾아와 그에게 힌두교의 성전인 〈바가바드 기타〉 한 권을 주고 갔다. 성자는 날마다 그 책을 읽기로 했다.

어느 날 쥐가 책을 쏠아버린 것을 보고 쥐를 쫓기 위해 고양이를 기르게 되었다. 고양이에게 먹일 우유가 필요하자 이번에는 암소를 키웠다. 이렇게 되자 이 짐승들을 혼자서 돌볼 수가 없었다. 그래서 암소 돌봐줄 여자를 한 사람 구했다.

숲속에서 몇 해를 지내는 사이에 커다란 집과 아내와 두 아기와 고양이, 암소들과 온갖 것들이 마련되었다. 그러자 성자는 걱정이 되었다.

그는 혼자서 자기가 얼마나 행복했었는지를 생각해 보았다. 그는 신을 생각하는 대신 아내와 아이들과 암소, 고양이들을 생각하게 되었다. 그는 어쩌다가 이런 신세가 되었는지 곰곰이 생각해 보았다. 한 권의 책(소유물)이 이토록 엉뚱한 사태를 몰고 온 것을 알아차리고 한숨을 지었다.

—

소유가 우리를 괴롭히는 까닭은 그것이 우리에게 궁핍을 모르게 하고 우리의 정체성을 더욱 부풀려주기 때문이다. 그럼으로써 '재물이 우리가 할 일을 대신하게 될 때 우리는 스스로 존재할 수 없게 된다.'

—

소유물은 우리가 그것을 소유하는 이상으로 우리를 소유한다. 성, 집, 그림, 책, 지식 등이 인간 존재보다 훨씬 중요하고 필요한 것이 돼 버렸다.

—

자기를 극복하는 방식은 주로 일상생활에서 작은 불편을 견디는 것이었다.

—

'원한다는 것' 자체가 또 다른 소유욕이다.
유일한 치유책은 개인의 변화뿐이다.

—

티베트 속담:
하나를 가지고 왔을 때 둘을 원하는 것은 악마에게 문을 열어주는 것.

—

하나가 필요할 때 하나만을 가져야지, 둘을 갖게 되면 당초의 그
하나마저 잃게 된다.

—

〈우파니샤드〉에서는 우리 인간이 신들의 집에 초대된 손님이며,
신들은 우리에게 너무도 많은 것을 베풀어주고 있다고 한다. 신들
의 집에서는 자신의 집처럼 편하게 머물며, 원하는 것은 무엇이든
가질 수 있지만, 그 어느 것도 버리거나 헛되이 써서는 안 된다. 이
는 함께 초대된 다른 손님들과 앞으로 초대될 수많은 손님들을 위
해 신들의 선물을 아끼는 것이며, 바로 그런 마음으로 우리는 환경
을, 지구를 아껴야 한다.

—

어떤 경우에도 되새겨 생각해볼 일은, 우리가 무엇을 소유하고 있
느냐가 아니라 우리 자신이 변화하고 성장하는 데 도움이 되는 어
떤 일을 하고 있느냐 하는 것이다. 흔히 우리의 소유물은 그 일에
방해가 된다.

—

아무것도 없다는 소리와 모든 것을 다 가졌다는 소리는 결국 같은 소리지요.

—

값으로 따질 수 없는 귀한 보배는 그것을 탐내지 않는 사람만이 가질 수 있다.

—

만약 그대가 진정한 삶을 이루려면 그대를 몇 겹으로 얽어매고 있는 온갖 관계와 소유관계로부터 한번 크게 마음과 몸을 떨치고 일어서라. 모든 것으로부터 해방된 무소유의 몸이 되어 천지 앞에 서라. 시계의 시간에서 벗어나 영원한 지금 이 자리를 면밀히 살펴보라. 만약 그때 허공 가운데 번쩍 열린 것이 있다면 그것이 진아, 본래면목이다.

—

필요한 만큼만 갖는 것. 그것이 자연의 이치다. 그런데 꿀벌만은 저한테 필요한 것 이상을 모아둔다. 그러니까 결국 곰이나 사람한테 꿀을 빼앗기고 말지.

—

사람들이 보다 쾌적한 생활을 위해 호화로운 주택에서 많은 옷과 가전제품에 순응하여 가재도구 등을 두루 갖추고 살아가는데, 굳이 가난과 고통을 스스로 감내하는 것은, 그 자체가 하나의 사상 실천인 것이다.

 인류 역사에는 간혹 세속적인 욕망과는 달리 자신의 몸을 허공 속에 홀로 띄워 보내는 것 같은 정신의 출현이 더러 있다.

—

고오타마 붓다와 마하비라는 인간이 살기 위해서 먹는 것이 아니라 더 순수한 의식상태로 성장하기 위해서 먹어야 한다는 데에 역점을 두었다.

—

출가 수행자는 세속에서 볼 때 가난할수록 부자다.
텅 빈 속에서 충만감을 누릴 수 있어야 한다.
동서고금을 통해서 한결같이 우리가 배우는 교훈은
수행자는 가난해야 거기서 보리심을 발할 수 있다는 사실.

선사禪師의 말:
"깨달음은 자신이 원하는 것이 무엇인가를 아는 데 있는 게 아니
라, 자기에게 필요하지 않은 것이 무엇인가를 아는 일이다."

선사禪師의 말:
"깨달음은 자신이 원하는 것이 무엇인가를 아는 데 있는 게 아니
라, 자기에게 필요하지 않은 것이 무엇인가를 아는 일이다."

도를 배우는 사람[學道人]은 먼저 가난해야 한다. 재물이 많으면 반
드시 도에 대한 뜻을 잃는다. 가난해야만 도에 가까이 할 수 있다.

-도원道元 선사

명창정궤明窓淨几:
밝은 창에 깨끗한 책상.

• 검소하고 정결한 서재를 이르는 말.

—

옛날에는 사람이 소유하는 모든 것이 소중하게 여겨져 손질을 하고 쓸모가 있는 한 최후까지 사용되었다. 사는 물건은 '오래 쓰기 위해' 사는 것이어서 19세기의 표어로는 '오래된 것은 아름답다'가 적합했을 것이다. 그러나 오늘날에는 소비가 강조되어 '쓰다 버리기 위해' 사는 물건으로 전락되었다.

상품의 구매→소유→소비→폐기의 사이클에 갇혀 있는 한 내면적인 충실은 결코 얻을 수 없다. 욕망을 억제함으로써 내적 자유를 얻는다.

—

'소비자'라는 이 모욕적인 말은 1965년 무렵부터, 즉 경제성장을 국가의 최대 목표로 삼았던 그 무렵부터 우리들의 상태를 올바르게 지적하는 말로 사용되어진 것 같다. 이때부터 대량생산, 대량소비 시대가 시작된 것이다. 우리들은 보통 인간이 아니라 소비자라는 이름으로 불리게 되었다.

6

추운 밤 손님이 오니

차

—

향기로운 차는 자신을 바쳐 중생의 갈증을 풀어줍니다.

법의 진미 넘치는 이 공양 받으시고 덧없는 애정의 갈증을 푸소서.

—

좌선 끝에 좌선하던 그 마음으로 차를 들면 말 그대로 다선일미茶禪一味의 경지에 들 수 있다.

—

다인茶人은 마음의 수행이 근본이다. 일신一身을 도道를 위해 바친 다인이라면 이 수행을 소홀히 할 수 없다.

도에 뜻을 둔 다인이라면 그 행주좌와行住坐臥에 차茶 정신이 한결같아야 한다. 진정한 다인은 다실茶室에서만 다인이 되어서는 안 된다.

—

다실은 하나의 도장道場과 같은 곳. 이곳에서 닦은 겸허를 일상생활에서 깊이 교감함으로써 비로소 다실茶室의 차茶가 살아난다.

차에는 반드시 그릇의 선택이 따른다. 그릇에 아름다움을 찾는 것은 마음에 청정을 찾는 것과 같다.

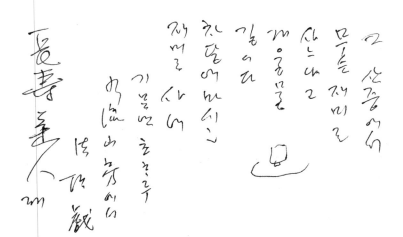

—
그 산중에서
무슨 재미로
사느냐고
개울물
길어다
차 달여 마시는
재미로 사네

기묘년 초하루
수류산방에서 법정 희戱
장수다인長壽茶人께

—

차는 빈貧의 차가 되는 것이 정도正道이다. 그러므로 차는 간소簡素의 덕을 높이 산다.

—

진정한 다인茶人이 탈속한 사람이라면 다인 냄새를 피우지 않을 것이다.

—

한잔의 차가 우리 앞에 오기까지는 수많은 사람의 숨은 공이 들어 있다.

차를 따서 만들어 보내준 사람의 공
그릇을 빚어 만들어준 사람의 공
다포를 만들어준 사람의 공
차 수저며 도구를 만들어준 사람의 공
그리고 물과 불⋯

이것저것 헤아리면 자연과 수많은 사람들의 은혜가 한 잔의 차 속에 배어 있다. 한 잔의 차 속에 우주가 녹아 있다. 그러니 차를 마실 때는 이런 은혜를 생각하며 고마운 마음으로 마셔야 한다.

—

차를 마실 때는 모든 일손에서 벗어나 우선 마음이 한가해야 한다. 그리고 차만 마시고 일어나면 진정한 차맛을 알 수 없다. 차분한 마음으로 다기를 매만지고, 차의 빛깔과 향기를 음미하면서 다실의 분위기도 함께 즐겨야 한다.

—

차맛에 어떤 표준이 있는 것은 아니다. 제대로 만들어진 차라면, 그 차가 지닌 성질을 알맞게 우릴 때, 바로 그 차의 맛을 음미할 수 있다.

차맛 하면 굳이 어디에서 난 무슨 차여야 한다는 법은 없다. 어디서 난 차이건 빈 마음으로 마시면, 바로 그 차만이 지닌 독특한 맛을 알 수 있을 것이다.

—

차의 분량도 찻잔의 반을 넘지 않는 것이 부담스럽지 않다. 찻잔에 가득 차도록 부으면 그 차맛을 느끼기 전에 벌써 배가 부르다. 이런 차에는 차의 진미가 깃들일 수 없다. 차를 따르는 팽주의 마음이 차의 품위에서 벗어난 것이다.

—

먼저 차를 입에 대고 조금 마시며 혀 위에 올려놓고 그 맛을 느낀다. 이를 음미吟味라 한다. 이 맛에는 산酸, 감甘, 고苦, 신辛, 함鹹의 오미가 있다. 음다飮茶는 이 음미의 뜻에서 한 번에 다 마시지 않고 3, 4회 나누어 마신다.

—

차를 즐기는 것은 단순히 목이 말라서가 아니라 맑음과 고요와 그 향기를 누리기 위해서다. 차는 빛깔과 향기와 맛이 두루 갖추어져야 온전한 것이겠지만, 그 중에서 하나를 고르라면 나는 선뜻 그 향기를 취하겠다. 향기는 단연 첫째 잔에 있다.

—

차는 두 번 우리고 나면 세 번째 차는 그 맛과 향이 떨어진다. 홀로 마실 때 개인적인 습관은 두 잔만. 자리에서 일어나 밖에 나가 어정거리면서 가벼운 일을 하다가 들어와 식은 물로 세 번째 차를 마시면, 앉은자리에서 줄곧 마실 때보다 그 맛이 새롭다. 애써 만든 공과 정성을 생각하면 추운 겨울철에는 두 번 마시고 버리기는 너무 아깝다. 그렇다고 앉은자리에서 줄곧 세 잔을 연거푸 마시면 한두 잔 마실 때의 그 맛과 향기마저 반납해야 하는 경우가 허다하다.

무릇 차는 앉은 자리에서 끝까지 마실 일이다. 특히 발효차(주로 보이차)의 경우 마시다가 무슨 일 도중에 잠시 멈추었다가 다시 마시게 되면 처음 마셨던 그 맛이 사라지고 그저 무덤덤하더라. 몇 차례 겪어서 익힌 일.

차는 한 자리에서 한 가지만 마셔야 한다. 비교하기 위해 다른 차를 또 마시게 되면 먼저 마신 차맛도 희석이 되어 알 수 없게 된다. 몇 차례 겪으면서 느낀 바다.

다산茶山 선생이 걸명소乞茗疏(혜장惠藏 스님에게 차를 달라고 한 글)에 이르기를, 차 마시기 좋은 때를 다음과 같이 들고 있다.

아침 안개가 피어올 때
구름이 맑은 하늘에 희게 떠 있을 때
낮잠에서 갓 깨어났을 때
밝은 달이 맑은 시냇물에 잠겨 있을 때

—

한여름에는 시원한 냉수에 차를 우려내면 더운물에 우리는 것과는
또 다른 풋풋한 향취를 느낄 수 있다. 차향기 속에서 서늘한 그늘
을 느낄 수 있을 것이다.

—

너무 더운 방이나 추운 곳, 혹은 눅눅한 방에서는 차 마시기가 부
적합하다. 차의 섬세한 향기가 그런 곳을 꺼리기 때문이다.

옛 그림에 보면 폭포수 아래 바위 끝에서 차를 마시는 풍경이 더
러 보이는데, 눈으로 보기에는 그럴듯하지만, 실제로 차를 마실 때
는 그런 한데[露地]에서는 차향기가 없다. 풍류가 곧 차의 진수일 수
는 없다.

—

차를 마시고 나서 개운치 않은 뒷맛은 좋은 차가 못 된다. 정선되
지 않은 차는 빛이 흐리고 뒷맛이 개운치 않다.

—

무더운 여름철에 발효된 차는 그 맛이 텁텁해서 별로더라.

—

고온다습한 무더운 여름철에는 차맛이 제대로 안 난다. 여름이 가고 맑은 바람이 불어와 생기를 되찾을 때 차향기 또한 새롭다.

—

차맛은 물이 좌우한다.

파리Paris 길상사에 햇차를 가지고 가 마셨는데 그 향기와 맛을 알 수 없었다. 석회가 섞인 물에는 차의 맛과 향기가 제대로 우러나지 않는다. 그래서 차를 즐기던 스님들도 그곳에서는 발효차를 마신다. 대만에 유학 중이던 스님한테서도 같은 말을 들었다.

녹차는 그 산지인 우리 산천에서 마셔야 그 맛과 향을 제대로 음미할 수 있다. 그쪽 사람들이 녹차가 아닌 발효차(홍차)를 즐기는 이유를 알겠더라.

—

정제된 차 안에 비장된 향기는 물을 빌어서 발하므로, 물이 없으면 차가 될 수 없다. 따라서 좋은 물과 어울려야 다색茶色, 다향茶香, 다미茶味를 얻을 수 있다.

강원도 오두막 개울물이 내가 지금까지 마셔본 물 중에는 으뜸이다. (밖에 나가 있을 때도 나는 이 물로 늘 차를 마신다.)

—

차의 선물은 햇차가 나왔을 때 받는 것이 가장 반갑고 고맙다. 그것도 시중 가게에 나오기 전이 더욱 반갑다. 해가 바뀐 뒤 받는 차 선물은 신선도가 가시고 난 차처럼 향취가 덜하다.

—

햇차가 나왔다는 소식을 듣고 잔뜩 기대를 걸고 구해다 마실 때 눈이 번쩍 뜨이는 차를 만나면 행복하다. 정성스레 만든 그 사람을 한번 만나고 싶다. 그래서 전화로 고마움을 전할 때가 있다. 차를 만든 사람의 인품도 미루어 짐작할 수 있기 때문이다. 그런데 잔뜩 별러서 구해다 음미했을 때 맛이 별로이거나 정선이 되지 않아 모래먼지나 꼬투리가 많은 차를 보면 문득 서운한 생각이 든다. 포장만 요란하고 값만 비싸지 차로서 갖출 품격을 갖추지 못했기 때문이다. 햇차가 나왔을 때 가끔 겪는 일. 금년(계미년 곡우절)에도 같은 느낌.

—

해마다 겪은 일인데, 햇차의 맛과 향기는 만든 즉시 나지 않는다. 두어 주일쯤 지나야 제 맛과 향기가 난다. 무슨 이유인지 알 수는 없지만, 모든 음식이 그러듯이 뜸이 들어야 그 음식이 지닌 특성이 우러나는 것과 같다.

이런 말을 감로차를 만드는 한국제다의 서 사장께 이야기했더니 미소를 지으며 공감을 표시하더라.

—

가끔 겪는 일인데, 이웃나라에서 선물로 차를 가져오는 경우가 있다. 받을 때는 반갑고 고마운데 막상 뜯었을 때 시효가 이미 지나간 차를 보고는 실망한다. 이렇게 되면 선물이 선물일 수 없고, 주는 사람의 성품까지 의심하게 된다.

남에게 선물을 줄 때는 선물의 이름에 어울리도록 해야겠다는 생각이 든다. 이와 같은 결례를 나도 더러 범했을 것이다. 마음에 새겨둘 일이다.

—

햇차가 나올 무렵 새로 찻수건을 만들어 차를 좋아하는 친구에게 보내는 것은 차향기만큼이나 운치 있는 선물이다. (새 찻수건 선물을 받고 느낀 점)

2004. 곡우절

—

차나무 꽃을 운화雲花라고 한다. 11월~12월 개화. 꽃이 필 때 한쪽에서 지난해 꽃자리에 열매가 맺힌다. 그래서 차나무를 실화상록수實花常綠樹라고도.

—

정선된 어린 첫 세작, 특히 일창一槍만을 따서 만든 차는 그 맛을 보기 전에 차를 만든 사람이 어떤 사람인지 그를 한번 만나보고 싶다. 차맛은 별로일지라도 한잎 한잎 따서 만든 그 마음의 향기가 귀하다. 산사면 지리산에서 나온 유로제다의 유로乳露가 그렇다. 차 봉지에 일명 선다仙茶, 촉 세작이라고 적어놓았다.

—

우전雨前(곡우 전을 말하는데 청명과 입하 사이로 4월 20일 경이 곡우절이다) 차가 그해 들어 처음 따는 찻잎이라 귀하다. 그래서 지리산 쪽에서 나오는 차는 거의 우전이란 상표를 붙여 비싼 값으로 판다. (일반 서민들이 사 마시기에는 너무 비싸다.) 그러나 내 경험에 따르면 곡우 전에 채취해서 만든 차는 잎은 어리지만 초봄의 변덕스런 날씨 때문에 햇볕과 바람에 노출된 기간이 너무 짧아 잎이 눈을 뜨지 않은 채 굳어 있는 경우가 많다. 이런 차는 꼬투리가 많고 덜 숙성되어 맛도 쓰다.

찻잎은 처음 싹이 트자마자 빛깔과 향기와 맛을 갖추고 있지는 않다. 촉촉한 흙과 이슬처럼 내리는 봄비와 부드러운 햇살과 살랑거리는 바람결에 어울리면서, 즉 지수화풍 천지의 기운과 조화를 이루면서 어느 정도 숙성되어야 그 빛과 향기와 맛을 제대로 갖추게 될 것이다

—

대량생산을 위해 기계로 채취한 차는 우리고 난 찌꺼기를 퇴수 그릇에 넣어둬도 모양이 안 좋다. 그러나 한잎 한잎 사람의 손으로 따서 만든 차는 우리고 난 후에도 그 정성이 배어 있어 그대로 버리기가 아깝더라.

—

차를 잘 감별하는 사람은 언뜻 사람의 기색을 꿰뚫어보는 관상가와 같다고 했다. 감추어진 내부를 통찰하여 표면에 윤기가 있는 것을 상품上品으로 친다.

—

매화차에 대해서:

한겨울 매분梅盆에 핀 매화 한 송이 따다가 찻잔에 띄워 마시면 은은한 매향梅香에 차맛이 새롭더라. 퇴수기에 띄워 놓은 꽃은 하루 이틀 뒤에도 향기를 잃지 않는다.

—

연꽃 차에 대해서:

연꽃은 나흘 동안 핀다. 날씨에 따라 개화 시간은 약간 차이가 있지만, 맑게 개인 날은 아침 6시경부터 개화(흐린 날은 8시 전후 개화)하고 저녁 5시 무렵에는 문을 닫는다.

  연차는 이틀째 개화한 꽃을 따서 그 안에 차를 담은 봉지를 넣어 냉동실에 보관했다가 마시면 되는데, 더운물보다 찬물에 우려 마신다. 연꽃 향기를 제대로 음미할 수 있다. 이틀째 피어난 꽃이 향기가 가장 절정인 것은 벌이 모여드는 것을 보면 알 수 있다.

  〈부생육기浮生六記〉에는 해질녘 연꽃잎이 문을 닫기 전에 찻봉지를 연꽃에 넣었다가 다음날 아침 일찍 꺼내어 그것으로 차를 만들어 마시는 걸로 되어 있다. 곁에 연못이 없어 아직 실험해보지 못했다.

—

연꽃차는 여름철이라 매화차처럼 산뜻한 향이 덜하고 그 향기가
두텁고 무거운 느낌.

—

차茶의 투명한 빛깔은 정선된 차에서만 우러난다. 차를 우리고 나
서 퇴수 그릇에 찻잎을 쏟아보면 모래먼지가 많은 차에서는 차 빛
이 아주 흐리다. 좋은 차는 투명한 다색茶色이 제일 조건이다.

—

차를 우리고 나서 잎을 퇴수 그릇에 쏟으면 차를 만들 때 그 선별
을 어떻게 했는지 알 수 있다. 티끌이나 꼬투리 하나 없이 정선된
차를 보면 만든 사람의 조밀한 인품을 맛볼 수 있다. 고마운 생각
이 저절로 우러난다.
  정선되지 않은 차에는 차 만드는 사람의 조밀하지 못한 성품이
그대로 드러나 있다.

옛 다서茶書에 보면 품투品鬪라는 말이 더러 나오는데, 이를 투다鬪茶 혹은 명전茗戰이라고도 한다. 차와 물과 다기로써 서로 우열을 겨루는 그 일에 어째서 다툴 투鬪자를 쓰고 싸움 전戰자를 썼는지 알 수 없다. 그만큼 우열을 가리는 그 겨룸이 치열했기 때문일까?

—

차의 정수는 청적淸寂에 있다. 그릇과 차의 자리와 분위기 또한 청적해야 차의 정수를 제대로 음미할 수 있다.

차의 원숙한 경지는 그릇으로부터 해방이 되어야 한다. 그릇에 집착하면 검소한 차의 바탕을 잃기 쉽다.

—

무릇 다기는 손안에 들 만큼 작은 것이 아름답고 쓰기에도 사랑스럽다. 크면 손에서 겉돈다. 특히 잔은 전이 얇고 그 안이 희어야 차의 맑은 빛깔을 즐길 수 있다.

―

다기는 무더운 여름철에는 백자가 산뜻하고 시원스러워 좋다. 그
러나 겨울에는 차게 보여 적절하지 않다. 특히 분청사기가 좋고,
다관은 갈색 계통의 것이 한결 따뜻하게 보인다.

―

다기는 겨울철에는 좀 작은 것이 좋고 여름철에는 넉넉한 것이 좋
더라. 그리고 가끔 바꾸어 쓰면 새로운 기분이 들어 차 마시는 분
위기도 산뜻하다. 다관은 망이 조밀하여 차 잎이 따라 나오지 않아
야 하고 절수가 잘 되어야 한다. 초록 빛깔이 귀한 겨울철에는 퇴
수 그릇에 차 마시고 난 잎을 그대로 두면 방 안이 한결 싱그럽다.

―

곤지암 보원요에서 신사년 봄에 만든 연잎 형태의 다기는 참으로
좋다. 안은 설백이고 거죽은 연한 갈색인데 천연스런 그 빛깔이 한
송이 꽃을 대한 듯하다. 물레를 돌려 만든 규격화된 다기에 비해서
손으로 빚어 만든 그릇이라 쓸수록 정이 간다. 오랜만에 마음에 든
다기를 보니 이 연잎 다기로 자주 마시게 된다. 즐겁다.

—

수류산방에서 서울로 오는 길에 이당 도예원이 있다. 안주인 지은 엄마가 채식가로 손맛이 좋아 담백한 내 입맛에 맞아 지나가는 길에 가끔 들른다. 어느 해인가는 찻종지와 항아리, 도판을 만들어 놓아 붓장난을 하기도 했다.

이당이 만든 종잔은 작아서 예쁘고, 입전이 얇아 차 마실 때 입술에 닿는 감촉이 차맛을 돋구고, 특히나 쥐임새(잡는 맛)가 좋아 내가 애용하는 잔이다. 장석을 섞어 빚은 옥빛이 도는 찻잔, 순백자 잔, 잔 속은 희고 겉은 쑥빛이 도는 키 작은 잔들이 모두가 사랑스럽다.

—

다기는 재래식 옹가마(장작가마)에서 구워낸 것이 쓸수록 질감이 좋다. 특히 찻잔의 경우 그 때깔에 무게가 있고 깊이가 있다. 모든 기물이 그렇듯이 그릇도 쓰는 사람에 의해 빛을 발하기도 하고 무표정하게 굳어지기도 한다. 찻잔은 곤지암 보원요에서 초기에 구워낸 것이 그 어느 것보다도 뛰어나다. 때깔이 좋고 형태가 편안하다. 전도 얇아 품격이 있다. 가스 가마에서 구워낸 그릇들은 겉모양은 그럴듯해도 그 무게와 깊이가 옹가마에서 구워낸 것에 비교될 수 없다.

—

차의 진정한 운치는 숯에 있다. 다기가 호사스러우면 차의 운치를 잃는다. 숯은 청적淸寂과 함께 차의 덕德이 되어야 한다.

—

〈다경茶經〉에서 이와 같이 말한다.

쇠를 수모水母라 한다. 주석은 유하고 강함을 함께 갖추고 있어 주석에 끓인 물은 떫지도 않고 무겁지도 않으므로 차관으로 가장 알맞다. 물이 빨리 끓으면 물맛이 산뜻하고 싱싱하다. 더디 끓으면 물맛이 무겁고 찡찡하며 물 냄새가 난다. 명심할 일이다.

　차는 물에 의해 우러나며
　물은 그릇에서 끓어오르며
　또한 불에 의해 탕이 된다.

—

이와 같이 불을 피우는 화로가 차실의 기본이 되는 위치에 놓여지기 때문에 완당阮堂은 차실을 말할 때 '죽로지실竹爐之室'이라 표현하기도 했다.

다구를 준비해 온 뒤 향을 피운다. 이 향은 차의 맛을 돋구는, 분위기에 절대 필요한 요건이기도 하다.

물은 100도쯤 끓인 다음 다시 80도로 식힌다. 정식으로 하면 이때 약탕관을 써야 하는데 이 약탕관은 은주전자가 이상적이지만 사치스럽고, 흙으로 만든 질기주전자와 유기주전자가 실용적이다. 이 주전자를 화로의 숯불 위에 놓는데 숯은 목탄木炭을 쓰며 목탄 중에서도 백탄을 쓰는 것이 가장 좋다. 이 중에서도 밤나무 숯이 더욱 좋은데 이것은 백탄의 독특한 담향淡香이 차의 격조에 어울리며 열 조정에 편리하기 때문이다. 또한 우리가 보통 차를 마시는 곳은 집안의 방이기 때문에 방의 온도를 조건으로 열을 내는 데는 이 백탄이 알맞은 것이다.

—

차를 우려 마실 때, 물을 식힌 다음에 차를 차관에 넣어야 그 향기를 온전히 보존할 수 있다. 차를 미리 넣어두면 차관의 물기에 젖어 그 향기가 줄어든다.

—

무쇠 차관의 녹은 그 안에 팥을 넣어 삶으면 말끔히 가신다. 실험 확인!

—

숙우熟盂:

다도에서, 끓인 물을 식히는 대접.

수구水口:

물이 흘러들어오거나 흘러나가는 아가리.

—

끽다거喫茶去에 관하여:

흔히 '차 한 잔 들게' (혹은 '차나 마시고 가게') 하는데, 이는 잘못된 풀이다. (去는 조사로, 의미 없는 글자.) 바른 풀이는, '차를 마시고 오라', '차를 마시러 가라'. 즉 '다실에 가서 차를 마시고 다시 오라'고 하는 질책(꾸짖는 말)이다.

차좌끽다且坐喫茶

자, 차 한 잔 들게(잠깐 앉아 차를 들라).

—

비록 늙었지만 손수 샘물 길어와

마시는 차 한 잔, 바로 참선의 시작이네

−이규보李奎報

산중山中

栗谷 李珥 율곡 이이

採藥忽迷路　채약홀미로
千峰秋葉裏　천봉추엽리
山僧汲水歸　산승급수귀
林末茶烟起　임말다연기

약초를 캐다가 문득 길을 잃다
온 산은 울긋불긋 가을이 한창
한 스님이 물을 길어 간다
이윽고 숲 끝에 차 달이는 연기

—

曾到不曾到　　증도부증도

且喫一杯茶　　차끽일배다

待客只如此　　대객지여차

冷淡是僧家　　냉담시승가

보았네 못 보았네 떠들지 말고

그대도 차나 한 잔 마시고 가게

손님 접대는 다만 이것뿐

절집 안엔 원래 잔정 따윈 없다네

• 목암 충牧菴忠 선사의 글. 처음에 천태교를 배웠으나 후에 선종에 뜻을 두
  고 공부하던 중 물방앗간을 거닐다가 편액에 '법륜이 항상 구른다法輪常轉'
  라 적힌 것을 보고 홀연히 대오했다고 전한다.

—

香初古佛微微笑　　향초고불미미소

鐘後靑山默默聽　　종후청산묵묵청

차의 첫 향기에 고불古佛은 잔잔한 미소를 머금고

종소리 울린 후 청산靑山은 묵묵히 귀 기울이네

-이랑산李郎山 거사

盧仝 (? ~ 826) 의 詩

玉川茶歌 가 부처로 햇차를 받고 감히 답하다

한잔을 마시니   목구멍과 입술이 촉촉해지고
두잔을 마시니   외롭고 울적함이   사라진다.
석잔을 마시니   간장이 열려
오천권의 문자로 가득 하고
넉잔을 마시니   가벼운 땀이 나서
평소에 불때상했던 일들이 산들 바람으로
흩어진다.

다섯 잔을 마시니   살과 뼈가 맑아지고
여섯 잔을 마시니   신선과 통하네
일곱잔을 마시고는 벌써
양겨드랑이 에서   밝은 바람이 술술 이는듯 하구나.

봉래산이 어디메냐
나 이 맑은 바람 타고 돌아가고저 하노라.

노동盧仝의 시詩

맹간의孟諫議가 부쳐준 햇차를 받고 급히 답하다

한 잔을 마시니 목구멍과 입술이 촉촉해지고

두 잔을 마시니 외롭고 울적함이 사라진다

석 잔을 마시니 가슴이 열려 오천 권의 문자로 가득하고

넉 잔을 마시니 가벼운 땀이 나서

평소에 못마땅하던 일들이 모두 땀구멍으로 흩어진다

다섯 잔을 마시니 살과 뼈가 맑아지고

여섯 잔을 마시니 신선과 통하게 되며

일곱 잔을 마시려고 하니

양 겨드랑이에서 맑은 바람이 솔솔 이는 듯하구나

봉래산이 어디메인고

나는 이 맑은 바람 타고 돌아가고자 하노라

• 노동(?-824): 중국 당나라 시대의 시인. 호는 옥천자玉川子로, 다선茶仙이라
  불릴 정도로 차를 사랑하고 조예가 깊었다. 위의 '칠완다가七碗茶歌(일곱
  잔의 차 노래)'가 전해지고 있다.

一

妙用時水流花開   묘용시수류화개
靜坐處茶半香初   정좌처다반향초

신묘한 때 물이 흐르고 꽃이 피어나며
좌선하는 곳에는 차가 끓고 향이 피어나네

누실명陋室銘

酌茶半甌 燒香一炷   작차반구 소향일주
偃仰棲遲 乾坤今古   언앙서지 건곤금고
人謂陋室 陋不可處   인위누실 누부가처
我則視之 淸都玉府   아즉시지 청도옥부

반 사발 차를 마시고 한 가치 향을 피워놓고
어떤 집에 누워 천지고금을 가늠하나니
사람들은 누추한 방이라 하여 살지 못하려니 하건만
내가 돌아보니 신선의 세계가 여기로다
                          -강릉 애일당愛日堂 터에 세운 교산시비蛟山詩碑

• 청도옥부淸都玉府: 신선들이 사는 고을과 관청.
• 교산蛟山: 〈홍길동전〉을 지은 허균의 호

一

장우신張又新의 〈전다수기煎茶水記〉에서, 대종代宗조에 이계경李季卿이 호주자사湖州刺史로 부임하던 도중 유양維揚에 이르러 처사 육우陸羽를 만나게 되었다. 이계경은 평소부터 육우의 인품을 익히 알고 있던 터라 수레를 가까이하고 이야기를 나누었다. 이런 인연으로 함께 호주로 가다가 양자역에서 묵게 된다.

식사를 들고자 하면서 이계경이 말하기를,

"육 처사가 차의 명인임은 천하가 다 아는 바입니다. 이곳 양자강 남령南零의 물이 뛰어난 절품이 아닙니까. 이제 이 두 가지 절묘함이 천 년 만에 한번 만났으니 이 좋은 인연을 어찌 헛되이 보낼 수 있겠습니까."

이리하여 정직한 군사에게 배를 저어서 남령의 물을 길어오라 하였다.

한편 육우는 다기를 펼쳐 기다리고 있었다. 이윽고 물이 당도하자 육우는 표주박으로 물을 떠올리면서 혼자 말하기를

"강물은 강물이지만 남령의 물이 아니라 강기슭 물 같군."이라고 하였다.

그러자 물을 길러 갔던 심부름꾼이 말하기를

"소인이 배를 저어 깊숙이 들어간 것을 본 사람들이 수백 명이나 되는데 어찌 감히 거짓말을 하겠습니까." 하였다.

육우는 아무 말도 없이 다른 그릇에 물을 쏟아 절반쯤 이르자 급히 멈추고 남은 물을 표주박으로 떠올리면서 말하기를

"여기서부터가 남령의 물이니라." 하였다.

이를 지켜본 심부름꾼은 크게 놀라 엎드려 사죄하기를

"사실은 소인이 남령으로부터 물을 길어오다가 강기슭에 다다랐을 때 배가 흔들려 그만 물이 절반이나 엎질러졌습니다. 줄어든 물이 두려워 강기슭의 물을 길어 채웠습니다. 육 처사님의 감별력은 참으로 신령스럽습니다. 감히 속일 수가 없습니다."

이때 그 자리에 있던 이계경과 수십 명의 사람들은 깜짝 놀랐다. 그래서 이계경은 육우에게 다음과 같이 물었다.

"이미 이와 같이 뛰어난 감별력을 지니셨으니 지금까지 두루 거쳐온 곳의 물에 대한 품평을 자세히 말씀해 주실 수가 있겠군요."

그러자 육우가 말하기를

"초 지방의 물이 제일이고 진晉 지방의 물이 최하지요."

이계경은 육우가 가르쳐주는 차례를 적도록 하였다.

"여산 강왕곡의 수렴수가 제일이고……." (후략)

이에 대하여 송宋대의 유학자인 구양수歐陽修는 〈대명수기大明水記〉에서, 육우는 〈다경〉에서 그런 말을 한 적이 없으므로 장우신의 〈전다수기〉에 적힌 내용은 육우의 생각과 상반된다고 했다. 그는 또 〈부사산수기浮槎山水記〉에서도 같은 점을 지적한다.

"물맛에는 좋고 나쁨이 있을 뿐이지, 천하의 물을 낱낱이 들어 첫째 둘째로 차례를 매긴다는 것은 옳지 않다."

• 장우신: 호주자사, 814년 진사 장원급제.
• 대종: 당나라 제8대 황제. 재위 762-779.

—

서호용정西湖龍井 용관차龍冠茶 통에 찍힌 차시茶詩

虎跑泉水竹風烟　　호포천수죽풍연
龍井茶芽瓷瓦壺　　용정다아자와호
誰道雨中山果落　　수도우중산과락
紅菱新販過西湖　　홍릉신판과서호

대숲의 바람과 안개를 머금은 호포천의 물
자와호로 용정차를 우려볼까
누가 빗속에서 산열매 떨어지는 것을 알리요
서호를 지나는데 홍릉을 새로 파는구나

　　　　　　　　　　　　-왕천王倩(청나라 女시인)

• 홍릉: 1년생 수생 식물인 붉은 마름의 식용 열매.

차에 대하여

1999년 4월 9일 불교문화 강좌

서로 대화할 수 있는 시간을 갖도록 하겠습니다. 차에 대한 것만이 아니고 평소 마음에 지녔던 일들이 있을 테니까 이 기회에 쏟아 놓을 수 있는 기회를 드리겠습니다. 한 시간쯤 제가 혼자 지껄이고 나면 대화의 시간을 갖도록 하겠습니다.

집에서 더러 차 마시는 분들, 손 한번 들어 보세요. 여기서 차라고 하는 것은 커피가 아닙니다. 녹차나 홍차 같은 거 마시는 경우를 말합니다.

차 좀 마신다는 사람들 보면 굉장히 유난들을 떱니다. 그게 역겨워서 차를 마시지 않는 사람들이 많습니다. 한복을 입고, 오른손은 이렇게 하고 왼손은 저렇게 하고, 눈은 어디다 두고…….

차가 그런 것이 아니잖습니까? 목마를 때 그냥 마시는 건데 너무 유난 떨다 보니까 차에 대한 거부 반응이 생기는 것입니다. 차가 대단한 것이 아닙니다. 목마를 때 그냥 물 마시듯이, 그런데 물만 마시면 싱거우니까, 또한 찻잎이 있으니까, 그것을 우려 마시는 것인데 너무 유난 떨 필요 없습니다. 또 그런 차풍은 잘못된 것입니다. 차 자체가 가장 검소하고 소박한 것이기 때문에 그 마시는 일도 가장 검소하고 소박해야 합니다. 그런데 차의 정신에 어긋나서 너무 호사스럽거나, 시간이 남아서 감당 못하는 사람들이 즐기는 것으로 생각한다면, 그것은 차에 대한 결례입니다.

산중에 있으면서 내 자신이 가장 한가롭고 가장 맑은 시간은 차 마시는 시간입니다. 좌선하고 나서, 또는 무슨 일 한 가지를 끝내고 나서, 또는 집 안 청소를 하고 나서 차를 한 잔 마시고 있으면 그렇게 좋을 수가 없습니다. 내 속이 청소가 된 것처럼 느껴집니다. 가정주부들도 그럴 것입니다. 식구들 다 보내 놓고 이것저것 치우고 나서 차 한 잔 마시고 있으면 아주 맑고 향기로운, 삶의 운치가 우러나옵니다. 차란 그런 것입니다.

따라서 차를 너무 고급스럽게 생각하지 말고 생활의 한 부분으로 생각하면 됩니다. 요즘 차 마시는 유행이 서서히 일어나고 있는 것은 다행한 일입니다. 이토록 거칠고 삭막한 세태에서는 맑은 것을 가까이할 수 있는 시간이 있어야 합니다.

원래부터 차가 있었던 것은 아닙니다. 누군가 나뭇잎을 따다가 먹어 보니까 괜찮단 말이에요. 그래서 서서히 발달되어 온 것이 오늘날 차가 되었는데, 중국에서도 그렇듯이 약용으로 쓰였습니다. 머리가 아프거나 배가 아플 때 약용으로 썼습니다.

지금도 산골에 가면 감기에 걸리거나 머리가 아프다거나 배가 아프거나 하면 해열 진통으로 차를 달여 마시는 풍습이 남아 있습니다. 원래 약용으로 썼습니다. 약으로 마시다 보니까 그것이 하나의 기호품으로 우리 생활에 가까이 끼어든 것입니다. 기호품이라는 것은 적당히 즐겨야 하지, 너무 광적으로 가까이 하면 그것도 해가 됩니다. 무엇이든 적당한 거리를 두고 즐겨야 하지, 차를 좋아한다고 24시간 계속 차를 마신다거나 그저 앉으면 차 얘기를 한다거나 하면 좋지 않습니다. 아까도 얘기했지만 차 자체가 가장 검소하고 담백한 것이기 때문에 차를 가까이 하는 사람들은 생활 자체가 검소하고 단순하게 되어야 합니다. 그것이 차의 덕입니다.

이 세상에 식물이 무수히 많지만, 그 많은 식물 가운데서 차가 가장 맑고 향기로운 식물입니다. 차가 자생하는 환경은 산중입니다. 요즘은 대량 재배를 하느라고 밭으로 내려왔지만 원래는 산중에서 났습니다. 산중에서 맑은 이슬이라든가 별빛, 달빛, 햇빛, 바람, 구름 등을 먹고 살아가는 것이 차의 생태입니다. 말하자면 산의 신선한 정기를 차나무가 머금고 살아가는 것입니다. 따라서 차를 즐기다 보면 산의 정기나 맑고 향기로운 기운을 우리가 조금씩 체득하게 됩니다. 임어당 林語堂(1895-1976, 중국의 소설가이자 문명비평가. 가난한 목사의 아들로 태어나, 하버드 대학에서 언어학을 공부하고 독일의 예나 대학과 라이프치히 대학에서 공부했다)의 〈생활의 발견〉(중국어 원제목은 〈생활적예술生活的藝術〉)에 차에 대한 이야기가 일부 나오는데, 이런 표현이 눈에 띕니다.

"차의 성질 중에는 우리들을 한가하고 고요한 명상의 세계로 이끄는 힘이 있다."

차를 마시고 있으면 저절로 마음이 차분해지고 머리가 맑아지고 어떤 중심이 잡힙니다. 그래서 그런 표현을 한 것입니다. 임어당은 계속해서 말합니다.

"차는 고결한 은자와 결합하고 있는 것만 같다. 그러므로 차는 청순함의 상징이다."

맑고 순수함의 상징이라는 것입니다.

"찻잎을 따서 불에 쬐어 만들고 보관하고 다리거나 우려서 마시기까지 청결이 가장 까다롭게 요구된다."

차는 가장 깨끗하고 맑은 물건이기 때문에 깨끗하게 보관해야 합니다. 기름기 있는 것이나 화장품, 냄새나는 것들과 가까이 두면 차를 버립니다. 아무리 좋은 차라 하더라도, 차를 마시려면 입술에 바르고 얼굴에 잔뜩 포장했던 것 다 씻어 버리고 나서 마셔야 합니다. 차는 매우 민감한 식물이기 때문에 다른 향기가 접하게 되면 차맛을 알 수 없습니다. 차 좋아하시는 분들은 다 아시겠지만, 입문자들은 특히 그런 것을 조심해야 합니다. 절에서 스님들이 차 마시고 가라고 해서 방 안에 들어가 차를 마시는 경우가 있지 않습니까? 그럴 경우 찻잔에 빨갛게 립스틱이 묻는 경우가 있습니다. 립스틱만 묻는 것이 아니라 그것에 배어 있는 화장품, 그 냄새까지 배어듭니다. 그렇게 되면 순수한 차맛을 모릅니다. 물론 집 밖에 나가려면 적당히 포장을 해야 제 값을 받으니까 그렇게 하겠지만, 그럴 필요가 없는 집에서는 될 수 있으면 화장기 없는 맨얼굴로 마셔야 합니다. 무엇인가 섞이면 순수함이 사라집니다. 차는 아주 예민한 것입니다.

〈다경茶經〉(당나라 문인 육우陸羽가 지은 다도의 경전. 상권은 차를 만드는 법과 그 도구, 중권은 다기, 하권은 차를 다리는 법과 마시는 법, 산지와 문헌 등을 기록)에서도 말하고 있지만, 가장 고급스러운 차의 향기는 어린애 살결에서 나는 배릿한 향취가 있습니다. 세작, 다시 말해 아주 작은 찻잎을 처음 차로 만들어서 변질되기 전에 우려 마시면 떡 잎에서 나는 향취가 그것입니다. 그 향취를 표현하려면 어린애 살 결에서 나는 젖비린내와 같다는 것입니다. 차의 세계에서는 그것을 가장 신비롭게 여기고 으뜸으로 칩니다. 차에 그런 향기가 없으면 그것은 일등감이 아닙니다. 인사동에서 팔고 있는 차들은 거의 그런 것이 없습니다. 정성스럽게 만든 차를 보면 매우 신비로운 그런 기운이 남아 있습니다. 그만큼 오묘한 향취이기 때문에 기름기나 다른 냄새가 가까이 가면 그 향기가 소멸되고 만다는 뜻에서 하는 이야기입니다.

따라서 차를 즐기려면 온갖 허식과 사치스러움이 눈과 마음에서 말끔히 사라져 버린 분위기라야 합니다. 한마디로 청정의 세계입니다. 가장 맑고 고요한 세계입니다. 모든 집착으로부터 벗어난 상태, 모든 분별로부터 벗어난 상태, 다른 말로 하면 침묵의 세계입니다. 차의 성질 자체는 청정의 세계입니다. 그러므로 차를 가까이 하면 그 인품 자체가 청정으로 승화됩니다.

알다시피 차는 그냥 술 털어 넣듯이 그렇게 훌쩍 마시고 마는 것이 아니지 않습니까? 그 빛깔과 향기, 맛을, 색色·향香·미味를 함께 음미하는 것입니다. 홍차도 마찬가지입니다.

차는 크게 두 가지로 나눕니다. 하나는 녹차이고, 다른 하나는 발효된 차입니다. 생잎을 따서 볶아 가지고 그대로 우려 마시는 것이 녹차이고, 홍차나 혹은 중국에서 들여온 오룡차나 보이차는 발효된 차입니다. 발효된 차 역시 빛깔과 향기와 맛이 중요합니다. 좋은 차는 빛깔과 향기와 맛을 두루 갖춰야 합니다. 이것은 꼭 차만이 아닙니다. 음식도 그렇습니다. 아무리 맛있는 음식이라도 음식 빛깔이 죽으면 먹고 싶은 생각이 나지 않습니다. 또한 그 음식만의 향취가 있어야 합니다. 물론 맛도 있어야 하고. 이렇듯 빛깔과 향기와 맛을 두루 갖춘 것이 좋은 차입니다.

역사를 보면 옛날부터 성현들은 다들 차를 좋아했습니다. 우리나라도 신라시대부터 차를 마시기 시작했는데 고려시대까지 성했습니다. 사실 고려시대에는 너무 성해서 사치스러울 정도가 되었습니다. 조선시대에 왔을 때도 명맥이 이어지긴 하는데, 불교가 유교에 의해 박해를 받으면서 차풍이 서서히 쇠약해집니다. 물론 절에서는 남아 있지만 일반에서는 거의 사라지게 되었습니다. 그럼에도 불구하고 다산 정약용 선생은 강진에 유배 가서 차맛을 알게됩니다. 그 당시 백련사라고도 하는 만덕사에 계시던 혜장惠藏 스님을 만나 비로소 차를 알게 됩니다. 혜장 스님은 다산보다 열 살아래인데, 다산이 하루는 차가 다 떨어져서 혜장 스님한테 '걸명소乞茗疏', 차를 구걸하는 글을 올립니다. 그 글이 아주 좋습니다. 마침백련사에도 차가 떨어졌지만 이 걸명소를 받고 부처님한테 올릴차를 보내주었다는 일화가 있습니다.

나그네는 근래 차 버러지가 되었으며, 겸하여 약으로 삼고 있소. 아침에 달이는 차는 흰 구름이 맑은 하늘에 떠 있는 듯하고, 낮잠에서 깨어나 달이는 차는 밝은 달이 푸른 물 위에 잔잔히 부서지는 듯합니다. 다연(차맷돌)에 차 갈 때면 잔 구슬처럼 휘날리는 옥가루들, 산골의 등잔불로써는 좋은 것 가리기 아득해도 자줏빛 어린 차순 향내 그윽하고, 불 일어 새 샘물 길어다 들에서 달이는 차의 맛은 신령께 바치는 백포의 맛과 같소. 용단봉병 등 왕실에서 보내주신 진귀한 차는 바닥이 났소. 이에 나물 캐기와 땔감을 채취할 수 없게 마음이 병드니 부끄러움 무릅쓰고 차 보내주시는 정다움 비는 바이오. 듣건대 죽은 뒤 고해의 다리 건너는 데 가장 큰 시주는 명산의 고액이 뭉친 차 한 줌 몰래 보내주시는 일이라 하오. 목마르게 바라는 이 염원, 부디 물리치지 말고 베풂을 주소서.

다산이 그 어려운 유배 생활을 하면서도 5백여 권이나 되는 저술 활동을 할 수 있었던 것은 차의 덕이었다고 학자들은 말합니다. 차를 가까이하면서 그것에서 많은 위로를 얻어 그런 방대한 저술 활동을 할 수 있었다는 것입니다. 또 추사 김정희 선생의 경우도 제주에 유배 가서 있으면서 동갑나기인 초의艸衣 스님을 늘 방문하고 초의 스님은 제자인 허소치許小痴를 통해 차를 전달합니다. 그래서 유배 생활을 원만히 극복하도록 배려를 합니다.

역사적으로 보면 옛 선비들만이 아니라 여성들도 규방에서 차를 많이 마셨다는 기록이 남아 있습니다. 옛날 성현들이 왜 이토록 한결같이 차를 좋아했는가 하면, 차는 마치 어진 군자와 같아서 그 성품에 삿됨이 없기 때문이라는 것입니다.

차의 원조는 누구인가? 7세기 무렵 당나라에 살았던 육우의 〈다경〉에 이런 구절이 나옵니다.

"깊은 밤 산중의 한 칸 집에 앉아 샘물로 차를 달인다. 불이 물을 데우면 다로에서 솔바람 소리가 들리기 시작한다. 이윽고 찻잔에 차를 따른다. 부드럽게 활활 타오르는 불빛이 둘레의 어둠을 비추고 있다. 이런 때 누리는 잔잔한 기쁨은 도저히 속인들과는 나눌 수 없다."

육우는 고아로 자랐습니다. 누가 내버린 어린 아기였는데 학이 와서 품었다고 합니다. 그때 어떤 스님이 주워다가 절에서 키웠습니다. 승려는 되지 않았지만 절에서 컸기 때문에 불경도 익히고 특히 차를 좋아하게 되었습니다. 물론 그전부터 인류가 차를 마셔왔겠지만, 문헌으로 남은 것에 따르면 이분이 차의 원조로 여겨지고 있습니다.

"깊은 밤 산중의 한 칸 집에 앉아 샘물로 차를 달인다."

요즘에는 물 사다가 커피포트에 끓여 가지고 손쉽게 만드는데, 옛날 문헌들에 보면 전기가 없으니까 차 한 잔을 마시는 데 공을 많이 들입니다. 샘물을 길어온 뒤 숯불을 피웁니다. 옛 그림 같은 것에 보면 동자들이 앉아서 한가하게 화로 결에 앉아 부채질해서 물을 끓이는 장면이 나오는데, 보기는 한가하지만 동자는 상당히 고역스러웠을 것입니다. 왜냐하면 숯을 갖다가 연기 피우면서 차를 달이는 것이 쉽지 않은 일이기 때문입니다. 차 한 잔 마시는 일이 지금은 전기 스위치만 누르면 되지만, 옛날에는 모두 숯불 피워 물 끓여서 했기 때문에 여간 공이 들어가는 일이 아니었습니다. 그

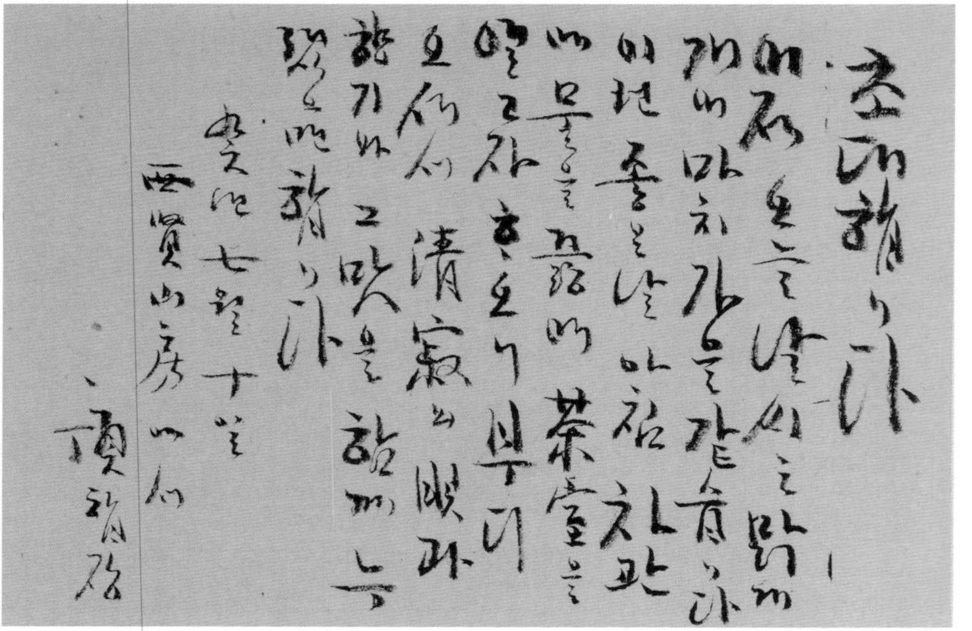

렇기 때문에 그 차맛이 각별할 수밖에 없었습니다.

너무 쉽게 얻으면 소중한 줄을 모릅니다. 그러니까 차를 마신다는 것이 차만 훌쩍 마시는 것이 아니라 그 공정, 그 과정이 차의 정신입니다. 샘물에서 혹은 개울에서 물을 떠다가, 화로에 불을 피워서 그 물을 끓입니다.

"불이 물을 데우면 다로에서 솔바람 소리가 들리기 시작한다."

주전자가 쇠로 된 차관, 혹은 돌로 된 차관이니까 물이 끓기 전에 쏴하고 마치 솔바람 소리처럼 들립니다. '송풍성松風聲'이라고 해서 차 좋아하는 사람들은 그 소리를 좋아합니다.

"이윽고 첫잔에 차를 따른다. 부드럽게 활활 타오르는 불빛이 둘레의 어둠을 비추고 있다. 이런 때 누리는 잔잔한 기쁨은 도저히 속인들과 나눌 수 없다."

차를 모르는 사람들과는 더불어 그 경지를 얘기할 수 없다는 것입니다.

지금 우리는 차를 우려 마시지만, 처음에는 찻잎을 따다가 시루에 쪄서는 그것을 절구에 빻아 개떡처럼 만들었습니다. 그것이 옛날의 단차團茶입니다. 조선시대 후기까지도 그런 풍습이 있었습니다. 그런 다음 그것의 일부를 떼어 약탕관에 넣고 달여서 마셨습니다. 중국 당나라 때에도 그렇게 했고, 우리나라 삼국시대와 고려 중기까지도 그런 다법이 성했습니다. 그러다가 우리나라 고려 때인 중국의 송나라 때 그것이 번거로우니까 차를 쪄가지고 빻아서 분말로 만들어 솔로 저어서 마시게 됩니다.

고려시대의 다완이라고 하는 그릇은 바로 그때 사용했던 그릇입니다. 그것도 번거로우니까 우리나라 고려말 조선초인 명나라 때에 오면 우려서 마시는 차가 진행됩니다. 요즘은 티백으로도 마시고, 일본의 경우는 가루로 만들어서도 마시는데, 이렇게 마시면 다기를 매만지는 즐거움 같은 것이 없습니다. 지금처럼 우려 마시는 것을 전차博茶라고 합니다.

찻잎은 적기에 따야 합니다. 조금 있으면 남쪽에서 찻잎을 따기 시작할 것입니다. 곡우穀雨(24절기 중 여섯째로 봄의 마지막 절기. 음력 3월 중이며 봄비가 백 가지 곡식을 윤택하게 한다는 뜻) 전후해서 찻잎을 땁니다. 올해는 곡우가 4월 26일인데, 북쪽에서는 조금 빠르고 남쪽에서는 그 무렵에 처음 싹이 나오니까 그때 땁니다. 처음 딴 찻잎은 그다지 좋지 않습니다. 차 파는 장사꾼들이 '우전차雨前茶'를 높이 치는데, 싹이 나와서 햇빛을 오래 쐬면 잎이 딱딱해져서 맛이 없고 쓰다는 것입니다. 하지만 비싸게 받기 위한 주장들일 뿐입니다. 그 첫잎을 따내고 난 뒤 두 번째 올라오는 잎이 부드럽고, 그 무렵 비가 와서 수량이 충분하기 때문에 차가 부드러워집니다. 제대로 숙성된 맛이 나오는 것입니다. 처음 나온 차라고 해서 비싸기만 할 뿐 좋은 것이 아닙니다. 그런 것에 속지 마십시오. 차는 적기에 따야 합니다.

우리나라에서는 지난 겨울이 춥지 않았고 봄에 비가 자주 와서 올해 차 작황이 아주 좋을 것입니다. 곡우에서 입하 사이에 따는 차가 제일 좋습니다. 이때가 찻잎이 아주 섬세합니다. 찻잎이 섬세한 맛이 있습니다. 찻잎이 고춧잎처럼 커지면 섬세한 맛이 없습니다. 섬세한 차는 그렇게 많은 양이 나오지 않습니다. 그래서 값이 비싸니까 처음 마시는 사람들은 비싼 차 사서 마시지 마십시오. 무슨 맛인지도 모르고 비싼 것을 마시게 됩니다.

차는 적기에 따고 잘 만들어야 하지만 보관도 잘해야 합니다. 아무리 좋은 차도 보관을 잘못 하면 맛이 다 변질됩니다. 녹차는 1년 지나면 맛이 떨어집니다. 대개 차가 뭔지도 모르면서 중국이나 일본 갔다 오는 사람들이 차를 선물로 사갖고 오는데, 포장만 거창할 뿐 이미 과거 완료된 차입니다. 차봉지를 보면 만든 날짜와 유효기간이 있습니다. 그 기간이 지나면 마실 수 없는 차입니다. 중국산은 만든 날짜를 전혀 써놓지 않거나 가짜로 써놓아 번번이 속기 마련입니다.

한 달 전쯤 어떤 사람이 중국에 갔다가 서호용정이라는 아주 유명한 차 생산지에서 난 용정차를 사왔는데, 포장도 거창하고 최근에 만든 것이라고 적혀 있지만 마셔 보니 아무 맛이 없었습니다. 차를 모르는 사람들은 이렇듯 껍데기에 속기 쉽습니다. 그러니까 너무 고급스러운 차를 찾지 말고 그냥 있는 대로 마시는 것이 좋습니다. 그러다 보면 운에 따라 좋은 차도 만나고 하는 것이니까 너무 좋은 것만 가리지 마십시오.

차는 보관을 잘해야 합니다. 보관을 어디에다 하는가? 냉동실에다 하십시오. 냉동실에 해야 제대로 보관이 됩니다. 그런데 차 파는 가게들을 보면 냉동실이 전혀 갖추어져 있지 않습니다. 그렇기 때문에 엽록소가 보존이 안 됩니다. 엽록소가 보존이 안 되면 차의 싱그러운 맛이 없습니다.

대개 차 파는 곳은 진열만 해놓지, 보존하는 시설이 없습니다. 광주에 있는 한국제다 같은 곳에서는 큰 냉동실을 갖추어서 차를 한꺼번에 다 따 가지고 초벌만 덖어서 그곳에 넣었다가 출고할 때 조금씩 꺼내어 다시 손질해서 내놓기 때문에 늘 신선합니다. 일본처럼 차가 기업화된 곳에서는 거의 그렇게 하고 있습니다. 보관을 잘해야 합니다.

차를 우릴 때는 될 수 있으면 샘물이나 산에서 흐르는 물이 좋습니다. 수돗물의 경우는 충분히 끓여서 소독약 냄새를 제거해야 합니다. 더 정성을 들인다면 하루쯤 받아놔야 합니다. 하루쯤 받아놓은 뒤 아래에 침전된 것은 버리고 위의 물만 건져서 쓰면 냄새가 덜 납니다.

물을 너무 오래 끓이면 물의 좋은 성분이 파괴되기 때문에 좋지 않습니다. 그러나 끓다 마는 물은 안 되기 때문에 충분히 끓여야 합니다. 그것을 순숙純熟한다고 하는데, 물 끓일 때 지키고 있어야 합니다. 전기 코드를 꽂아 놓고 제멋대로 끓으라고 놔두면 물의 기운이 다 없어집니다. 차를 한 잔 마시려면 그런 정성과 집중이 있어야 합니다. 그래야 차맛을 압니다. 물 끓여 놓고 전화 받고 온갖 사설을 늘어놓다 보면 차맛이고 뭐고 다 사라지고 없습니다. 일단 차를 마셔야겠다고 하면 기도하는 마음으로 그렇게 해야 내 심성이 맑아집니다.

우리가 늘 그렇게 살 수 없기 때문에 하루에 차 마시는 시간, 20

분이든 30분이든, 그 시간만이라도 순수하게 홀로 있으면서 혹은 그런 친구와 같이 있으면서 맑음을 받아들이자는 것입니다. 왜냐하면 그런 과정을 통해 차만 마시는 것이 아니라 우리 안에 그런 청정의 씨앗이 움터서 꽃피어나기 때문입니다.

물을 충분히 끓였으면 그 물로 다기를 헹궈야 합니다. 그런 다음 물식힘 그릇에 부어 알맞게 식혀야 합니다. 바로 뜨거운 물을 부어 버리면 완전히 데쳐지기 때문에 차맛이 없습니다. 제가 처음 절에 들어갔을 때는 차가 보편적이지 않고 몇몇 독특한 절에서만 만들었습니다. 따라서 그 무렵에는 대개 몇 년씩 케케묵은 중국산 재스민 차를 마셨습니다. 노스님이 법문을 할 때가 되면 차를 내오는데, 차가 무엇인지도 모르는 사람들이 찻잎을 펄펄 끓는 차관에 넣고 삶아 버리니 쓸 수밖에 없습니다. 그러니까 노스님들은 법문은 안 하고 웬 차가 이리 쓰냐는 말만 하곤 했습니다.

일단 물을 식혀야 합니다. 찻잎이 섬세한 것일수록 물을 충분히 식혀야 합니다. 60도, 70도, 80로 식히라고 하지만 누가 일일이 재 볼 수 없지 않습니까? 느낌으로 아는 것입니다. 물을 식혀야 우러납니다. 뜨거운 물을 곧바로 부으면 우러나지 않고 데쳐집니다.

식힌 물을 다기에 부어 차를 우립니다. 우리는 데 묘미가 있습니다. 너무 오래 놔두면 쓰고, 빨리 따르면 덜 우러납니다. 대개 1분을 우리라고 하는데, 스스로 해보면 요령이 생깁니다.

저도 중이 되어서 남들이 마시니까 따라 마셨는데 아무 맛도 모르고 마셨습니다. 4·19 나던 해 통도사에서 불교 사전 원고 쓰면서 차를 마셨는데, 그때는 좋은 차가 없고 중국 재스민 차밖에 없었습니다. 이름도 안 잊어먹는데 용문이라는, 옷을 안 빨아 입어서 여름엔 땀 냄새가 나는 이 행자가 점심 먹고 나면 땀을 뻘뻘 흘리면서 차관에다가 물을 끓여 왔습니다. 그런데 우릴 줄을 모르니까 펄펄 끓는 물에다가 차를 한 줌 넣으니까 써서 재스민 꽃향기만 날뿐 아무 맛도 알 수 없었습니다.

그러다가 제가 봉은사 다래헌에 와 있을 때 비로소 서서히 차가 보급되기 시작했습니다. 다기들도 여기저기 가마에서 나오기 시작하고, 그때 제가 차맛에 서서히 길들여졌습니다. 그때도 아직 잘 몰랐습니다. 차를 제대로 우릴 줄 몰라 좋은 차도 많이 맛을 버렸을 것입니다. 그런데 불일암에 살면서부터 혼자 살았기 때문에 저절로 차하고 가까이 지냈습니다. 그러니까 누구든지 처음에는 시행착오를 거치기 마련입니다. 차뿐이 아니라 삶 전체가 그렇습니다. 모든 삶에 그런 과정이 있습니다.

홍차 같은 경우는 한 잔 마시면 그만이지만, 녹차는 세 번까지 우릴 수 있습니다. 그렇기 때문에 차는 가득가득 붓지 말아야 합니다. 한 절반쯤 부어야지, 첫잔에 가득가득 부으면 먹기 전에 배가 부릅니다. 서너 잔 마시기 때문에 절반쯤 부어야 차에 운치가 있습니다. 너무 가득가득 붓지 말라는 것입니다.

차를 좋아하게 되면 그릇을 따지게 됩니다. 차를 마시기 위해서는 물론 그릇이 필요했습니다. 그런데 그릇이 있기 때문에 차를 마시게 됩니다. 이 말 아시겠어요? 사랑스럽고 아주 마음에 드는 그

룻이 있으므로 해서 차 마시고 싶은 생각이 나는 것입니다. 원래 그릇이란 건 차를 마시기 위해서 만들어 놓은 것이지만, 차를 마시다 보면 차만 홀짝 마시는 것이 아니라 다기를 매만지는 즐거움이 있습니다. 그러다 보면 그릇을 보는 심미안이 열립니다. 차 좀 마신다 싶으면 인사동이고 어디로 다니면서 좋은 다기 고르느라고 정신없는데 그것도 한때입니다. 빨리 통과해야 합니다.

그릇으로부터도 자유로워져야 합니다. 거기에 얽매이지 마십시오. 그것이 모든 집착으로부터 벗어난 청정의 세계입니다. 유난을 떨어선 안 됩니다. 물론 다기라는 것이 사용하다 보면 하나만으로는 지루합니다. 또 그 그릇이 쉬고 싶어 합니다. 그걸 읽을 줄 알아야 합니다. 그러지 않으면 그 그릇이 깨집니다. 그것은 그릇을 사랑하는 사람만이 알 수 있습니다. 한참 쓰다 보면 자기가 싫증이 나서가 아니라 그 그릇이 쉬고 싶어 하는 표정이 읽어집니다. 집에서 어머니들이 아이들 표정만 보더라도 이 아이가 기분이 어떻다는 것을 그냥 알 수 있듯이, 자기가 늘 대하는 그릇이지만 한 개가 되었든 두 개가 되었든 그릇이 쉬고 싶어 할 때는 쉬도록 해줘야 합니다.

최순우 국립박물관장이 살아 계실 때인데, '한국문화 5천년전'이라고 해서 우리 문화재를 해외 여러 나라에 가지고 가서 전시회를 연 적이 있습니다. 그때 유럽 어느 나라에서도 이 전시회를 열겠다고 청했는데 최순우 관장이 "이 그릇들이 너무 쉬고 싶어 하기 때문에 할 수가 없다"고 말하면서 거절합니다.

그것은 그릇만이 아닙니다. 사람도 마찬가지입니다. 식구들 중에서 누군가 과로해서 쉬고 싶어 하면 그것을 읽을 줄 알아야 합니다. 그것은 사랑을 지닌 사람만이 읽을 수 있습니다. 그릇에 대한 것이든 사람에 대한 것이든, 무감각한 사람들은 그것을 모릅니다. 섬세하고 지극하게 늘 마음 쓰는 사람들은 그것을 읽을 줄 압니다.

차관은 절수가 잘 되어야 합니다. 다시 말해 물이 똑똑 떨어져야 합니다. 잘못 만든 차관은 절수가 안 돼 턱이 빠진 것처럼 물이 줄줄 흐릅니다. 그러면 차 마시는 기분이 나지 않습니다. 똑똑 물이 끊어져야 합니다. 또 찻잔은 흰 것이 좋습니다. 그래야 차의 빛깔을 알 수가 있습니다. 그리고 전이 얇아야 합니다. 전이 두꺼우면 차의 섬세한 맛과 향취를 알 수가 없습니다. 전이 얇아야 합니다. 그래야 차의 섬세한 맛을 알 수 있습니다. 물 식히는 그릇 역시 주둥이의 전이 얇아야 물이 줄줄 새지 않고 똑똑 끊어집니다.

모든 그릇이 그렇듯이 그릇을 사랑하다 보면 그릇의 표정을 읽게 되는데, 그릇은 두 개의 생애를 가지고 있습니다. 이것이 무슨 말인가? 그 그릇을 만든 도공에 의해서 이루어지는 전반생과, 그 그릇을 사용하는 사람에 의해서 이루어지는 후반생이 있습니다. 그릇뿐 아니라 모든 사물이 두 개의 생애를 가지고 있습니다.

목수나 도공에 의해서 가구도 만들어지고 그릇도 만들어집니다. 도공이 만든 그릇은 전반생입니다. 그런데 그것은 절반의 생밖에 없습니다. 이것을 볼 줄 아는 사람과 쓸 줄 아는 사람에 의해서 후반생이 부여됩니다. 만들어 놓은 물건, 가게에서 사왔든 도자기 가마에서 얻어 왔든 그것은 한 부분입니다. 그릇의 한 단면일 뿐입니다. 전반생입니다. 그런데 그것을 내가 보고 사용하는 과정에서 새로운 생명력이 부여되어 새로운 활기가 그릇에 생겨납니다.

다기든 가구든 처음에는 생소합니다. 왜냐하면 만든 사람의 입김이 그대로 남아 있기 때문입니다. 그런데 그 가구의 아름다움을 내가 캐내는 것입니다. 그 그릇의 쓰임새를 내가 알아서 거기에 내 따뜻한 정을 불어 넣는 것입니다. 그러면 거기에 새로운 생명력이 부여되고 어떤 혼이 불어 넣어져서 그릇이 달라지는 것입니다. 그것의 예를 들자면 수없이 많습니다.

일본 다인들이 죽고 못 사는 그릇이 무엇인가 하면 우리의 밥사발입니다. 조선시대에 우리가 사용하던 밥사발을 이도다완이라고 국보로 여기는데, 그것은 한국에서 일류 도공들이 만든 것이 아닙니다. 평범한 도공들이 아무 생각 없이 하루에도 수백 개씩 만들어 낸 것입니다. 막걸리도 담았다가 개 밥그릇도 했다가 함부로 막 쓰던 그릇입니다. 값도 비싸지 않은 것입니다. 우리 어렸을 때도 시골 장에 가면 그 그릇들을 잔뜩 지고 나와서 팔곤 했습니다. 또 제사 때가 되면 가마에다 부탁해서 새로 그릇을 만들곤 했습니다. 그런데 그 그릇의 아름다움을 차 좋아하는 눈들이 발견한 것입니다. 그 아름다움에 반해 그것을 다기로 사용하게 되었습니다. 아무렇게나 된 막사발, 개 밥그릇으로 쓰던 그 사발을 다기로 쓰면서 그 그릇이 지니고 있는 새로운 아름다움, 새로운 생명력을 캐낸 것입니다.

일본에서는 그 그릇을 국보로 여기고 있지만 조선시대에는…

• 녹음 테이프는 여기서 끝난다. 스님이 이 주제와 관련하여 평소 자주 언급했던 내용을 아래에 덧붙인다.

일본에서는 그 그릇을 국보로 여기고 있지만 조선시대에는 막사발 즉 밥사발이었다. 가난하고 배고픈 이들이 흰 쌀밥을 담아 먹던 밥사발이 아니라, 보리밥을 담아 먹던 부엌에서 사용하던 밥그릇이다. 그 밥사발이 '기자에몬 이도[喜左衛門 井戶]'라는 일본 국보이다.
야나기 무네요시[柳宗悅]는 이 막사발에 대한 평을 이렇게 썼다.

> 왜 이토록 평범한 다완이 그토록 아름다운 것인가! 그것은 실로 평이함 자체에서 생겨나는 필연의 결과이다. 왜 평이함의 세계에서 아름다움이 생겨나는 것일까. 그것은 자연스러움, 천진스러움이 있기 때문이다.
> 좋은 그릇을 만들어 보겠다는 욕심이나 작위가 빠진 무심으로 만든 그릇에서 부드러운 곡선이 마음에 여유를 주는지 다인들은 알았다. 한 개의 다완이 이미 보는 자의 마음속에서 아름다움을 만들어 내는 것이다. 다기는 다인들을 어머니로 하여 태어나게 하는 것이다.
> 저 아무 것도 배우지 못한 조선 도공들에게 어떤 힘이 작용하여 그것을 가능하게 했는가. 저 평범한 밥사발이 어떻게 사람들에게 아름답다는 인정을 받았을까! 그들은 유약이 흘러내린 자연스런 맛에 빠져들고 그릇의 형태를 포용하고 두께에 입맞춤했다.

이 이도다완인 우리네 막사발은 다 헐어빠진 물레를 함이 없이 돌리면서 자연 속에서 주어진 삶을 수용하며 살았던 우리네 옛 선조들의 심성을 그대로 닮은 그릇이다.

- 기자에몬 이도: 일본 국보 제26호. 교토 다이토쿠지大德寺의 암자 고호안孤蓬庵 소장. 16세기 조선 제작. 높이 9.1cm, 지름 15.3~15.5cm, 무게 370g.

다포에 적힌 시구들

—
寒夜客来茶当酒　　한야객래차당주
把臂言歡話摯情　　파비언환화지정

추운 밤 손님이 오니
차 한 잔이 술을 대신하고
팔을 잡고 즐겁게 이야기를 나누니
서로의 생각하는 바가 진지함을 알겠구나

- 첫 구절은 중국 남송南宋시대 시인 두뢰杜耒가 지은 '추운 밤[寒夜]'이란 시의 첫 구절과 같고, 둘째 구절은 누군가가 지어서 대구로 붙인 것으로 보인다.

—

惠客往來皆陸羽　혜객왕래개육우
德朋談笑盡盧仝　덕붕담소진노동

오가는 손님들 모두 육우요,
담소를 나누는 마음 넓은 벗들 모두 노동이라

- 둘째 칠언대구는 시라기보다는 차를 마시는 차관에 붙일 만한 대구對句로
  추정됨.
- 육우陸羽: 당나라 시대의 문인. 평생 차를 연구하고 차에 대한 책을 썼으며
  후대에 다성茶聖이라 칭송 받았다. 〈다경茶聖〉 세 권을 저술.
- 노동盧仝: 다선茶仙이라 불린 당나라 시대의 시인.

—

山中一杯水　산중일배수
可飮天地心　가음천지심

산속 한 잔의 물,
가히 천지의 마음을 마시는 듯

자사차호계의 명인이신 주가심 선생께서 본인의 예명을 이 글에서
빌려왔다.

- 더 널리 알려진 다음 문장과 유사하다: 山中一杯水 可淸天地心 산중일배수 가청천지심(산속 한 잔의 물, 가히 천지의 마음을 맑게 하도다).
- 주가심朱可心(1904-1986): 본명은 주개장走開長, 走凱長으로, 중국 현대 자사호紫沙壺 예술의 명인.

—

一壺香雪伴梅花　　일호향설반매화

향기로운 눈을 녹여 차를 우리니
매화를 가까이한 듯

- 매화나무 가지에 쌓인 눈이 매화의 향을 머금은 듯한 것을 향설香雪로 표현했고, 이 눈을 차호에 담으니 향기로워서 반매화伴梅花 즉 매화가 곁에 있는 듯하다는 의미.

—

山月隨人(歸)　　산월수인(귀)

산 위의 달이 사람을 따라 돌아오네

- 당나라 시인 이백李白이 지은 시의 한 구절: 暮從碧山下 山月隨人歸 모종벽산하 산월수인귀(어스름 저녁 푸른 산에서 내려오니, 산 위의 달이 나를 따라 돌아오네).

—

茶亦醉人何必酒　　차역취인하필주
書能香我不須花　　서능향아불수화

차도 역시 사람을 취하게 하니 어찌 술일까
책이 능히 나를 향기롭게 하니 어찌 꽃일까(꽃이 필요할까)

다기에 적은 글

—

飮之淸心益壽延年　　음지청심익수연년
石泉　戱筆　　　　　석천　희필

차를 마시면 마음이 맑아지니
해를 이어 오래도록 수를 더하네
석천이 쓰다

• 석천: 자사예인이자 고급 공예미술사.
• 희필戱筆: 자기의 그림이나 글씨를 낮추어 일컫는 말.

7

꽃이 향기를 뿜듯

사랑 · 자기포기 · 섬김

—

언제나 단순한 것이 감동을 준다.

"네 이웃을 네 몸처럼 사랑하라."

—

사랑이란 당신의 마음, 가슴, 당신의 전존재를 완전히 주면서도 아무것도 바라지 않는 것. 사랑을 받으려고 빈 그릇을 갖다 대지 않는 것.

—

사랑하는 가슴이 없이는 위대함이 없다. 그대들에게는 누구나 사랑하는 가슴이 있다. 단지 사람들에게, 나무에게, 바다에게, 그대 주변의 모든 살아 있는 것들에게 그 가슴을 열어놓기만 하면 된다.

—

"우리 스승의 가르침은 따뜻한 가슴이다."

사랑이 그대의 가슴 속에 싹트는 순간 그대는 다시 태어난다.
그것이 그대의 진정한 탄생이다.

우리들 대부분의 가슴 속에는 사랑이 없다. 우리는 좀처럼 하늘의
별들이나 물결의 속삭이는 기쁨을 바라보지 않는다. 우리는 흘러
가는 개울물 위에 춤추는 달빛을 살피거나 새가 나는 모습을 눈여
겨보지 않는다. 우리 가슴 속에는 노래가 없다. 우리는 언제나 붙
잡혀 있기 때문.

우리는 사랑을 버려둔 채 경제적으로 사회를 개혁하고자 하며 바
로잡으려고 한다. 그러나 우리 가슴 속에 사랑이 없는 한, 갈등과
불행 없는 사회구조를 실현할 수는 없다.

그러고 보면 인간을 형성하고 있는 본질적인 요소는 지식이 아니
라 지혜일 것이다. 지식이 차디찬 회색의 이론이라면 지혜는 뛰는

더운 심장이요 움직이는 손발이다. 지식은 사랑과 무연無緣하지만 지혜의 안쪽을 뒤져보면 사랑으로 넘쳐 있다. 그렇기 때문에 슬기로운 사람은 현실 속에서 살아 움직이지 않을 수 없다.

지식이 그 본래 구실을 다하려면 지혜에로까지 심화되지 않으면 안 된다. 지혜에서 비로소 신념이 생기고 용기와 행동이 따르게 마련이다. 창백한 지식인, 언행이 같지 않은 지식인이 소외감을 가지는 것은 지식이 지혜로 심화되지 않고 있기 때문이다. 그러한 지식은 악지식惡知識이지 결코 선지식善知識은 아니다.

오늘날 우리에게 진정으로 아쉬운 것은 저명한 지식인의 '이론'이 아니라, 신념과 용기를 가지고 행동하는 지혜로운 선지식이다.

—

사랑으로 넘치는 사람은 의자까지도 사랑으로 만진다. 비록 의자가 그 사랑을 느끼지 못할지라도. 또 그 의자는 우리와는 다른 종류의 감수성을 갖고 있을지도 모른다.

—

사랑은 그대를 겸허하고 단순하고 순진하게 하는 체험이다. 누구든지 인생에서 깊은 체험을 하게 되면, 그것이 자신을 위해서만이 아니라 거기에는 어떤 의무가 있다는 것을 알아차려야 한다.

감정은 '소유'되지만 사랑은 우러난다. 감정은 사람 안에 깃들지만 사람은 사랑 안에서 살아간다. 이것은 비유가 아니다. 즉 사랑은 '나'에 집착하여 '너'를 단지 '내용'이라든가 대상으로서 소유하는 것이 아니다. 사랑은 나와 너 '사이'에 온다. 이것을 모르는 사람, 곧 그의 전 존재를 기울여 이것을 깨달은 사람이 아니면 비록 그가 체험하고 경험하고 향유하고 표현하는 감정을 사랑이라 부른다 할지라도 그는 사랑을 모른다.

사랑이란 하나의 우주적인 작용이다.

우리가 사랑하면 우주는 그만큼 확장된다.

창조적인 것은 오로지 단순한 정신에 있을 뿐이다.
사랑, 빛, 생명. 이 셋은 가장 신비로운 것이다.
사랑은 상대를 보살피는 마음.
사랑과 기도와 명상이 그대 세계의 중심이 되게 하라.

—

흰색은 한 가지 빛깔이 아니라 빛깔 전체이다. 무지개 속의 모든
빛깔을 한데 섞으면 흰색이 나타난다. 그래서 흰색은 기본적으로
인생의 모든 빛깔의 위대한 종합이다. 흰색은 긍정이며 사랑이다.

—

사랑하는 법을 알기 위해서는 반드시 마음이 움직이는 법을 알아
야 한다. 왜냐하면, 사랑을 파괴하는 것은 바로 마음이기 때문이다.

—

사랑하는 사람은 명상하고 침묵 속에서 그의 신과 연락한다.

—

마음이 부드러워지면 어디서나 사랑을 느낄 수 있다. 마음이 활짝
열리게 하려면 자기 자신뿐 아니라 남을 미워하지 말아야 한다. 증
오는 연못을 얼어붙게 하고 연꽃의 줄기를 부러지게 하는 서리나
마찬가지다. 사랑은 모든 굴레로부터 벗어남이다.

　참된 사랑을 터득하면 마음은 해가 솟을 때의 연꽃처럼 피어난
다. 사랑이 그대 마음속에서 자라도록 하라. 마음이 순수해질수록

더 많은 사랑이 여물 것이고, 마침내 어느 날 그대는 사랑과 하나가 될 것이다.

―

우리는 어떻게 사랑하는지를 모르기 때문에 사랑받지 못한다. '나는 신을 사랑한다'는 말은 완전한 난센스다. 당신이 신을 경배할 때 당신은 자기 자신을 경배하고 있는 것이며, 그리고 그것은 사랑이 아니다.

―

사랑이란, 당신이 내가 원하는 이미지대로 변화되기를 바라는 것이 아니라, 당신을 당신 자신으로, 당신의 본질을, 당신의 고유한 특성으로, 당신의 원래 아름다움으로, 당신 스스로 되돌아가도록 이끌어 주고자 하는 소망의 과정이다.

―

갈등 없이 사는 사람, 아름다움 및 사랑과 더불어 사는 사람은 죽음을 두려워하지 않는다. 왜냐하면 사랑한다는 것은 죽는다는 것이기 때문이다.

—

사랑이란 모든 청중 앞에서 침묵하는 것.

사랑이란 해방과 관조이다.

—

사랑, 그것은 모든 존재 중에서도 맨 처음으로 탄생된 것.

사랑, 그것은 이윽고 사상思想을 잉태하는 것.

-〈리그베다〉

—

"아마도 사랑이란, 진정한 당신 자신의 모습으로 당신이 스스로 돌아가도록 도와주는 것이다."

-생텍쥐페리 〈인간의 대지〉

—

당신이 있는 곳에서 할 수 있는 최선을 다하고 친절하라.

삶에서 정말로 중요한 것은 조금 더 친절해지는 것.

사랑이야말로 모든 생명의 기초.

—

두려움이 있는 곳에 사랑은 없다.

사랑이 없는 지식은 우리를 파멸시킨다.

—

진정한 사랑은 결코 상대를 버리지 않는다. 엄마의 사랑처럼.

—

나는 타인의 고통 앞에서는 두 가지 태도만이 바르다고 확신한다. 침묵하고 함께 있어주는 것.

고통 받는 자들에게 충고하려 들지 않도록 주의하자. 그들에게 멋진 설교를 하지 않도록 주의하자. 다만 애정 어리고 걱정스런 몸짓으로 조용히 기도함으로써, 그 고통에 함께함으로써 우리가 곁에 있다는 걸 느끼게 해주는 그런 조심성, 그런 신중함을 갖도록 하자. 자비란 바로 그런 것이다.

—

사랑, 자비는 최후의 지성知性이다.

사랑은 동정, 너그러움, 기술을 가지지만 이런 성질이 그대로 사랑
은 아니다.

사랑을 이해하기 위해서는, 사랑에 이르기 위해서는 아름다움에
대한 크나큰 감수성과 통찰력이 있어야 한다.

아름다움은 산이나 하늘, 골짜기나 흐르는 강물 속에 있는 것이
아니다. 아름다움은 오로지 사랑이 있을 때만 존재한다. 그리고 아
름다움은, 사랑은 자비다.

자비에는 어떤 바람도 없다. 그 아름다움, 사랑, 진리는 지성의
궁극적인 모습이다.

—

자비는 사랑이 성숙했을 때 저절로 우러난다.

자비란 특정한 사람에게만 향한 사랑이 아니다.

자비는 주고받는 관계가 아니라 그대 자신의 근원적인 존재다.

깨닫기 전에 먼저 자비를 배워야 한다.

—

사랑은 언제나 능동적인 현재이다.

당신의 가슴과 마음이 사랑이 무엇인지 알 때에만 아름다움은 있다. 사랑 없이는 당신의 마음에 추함과 가난이 있을 뿐이기 때문이다. 사랑과 아름다움이 있을 때, 당신이 하는 일은 모두 옳고 질서가 있는 것이다. 만약 당신이 사랑하는 법을 안다면 당신은 당신이 좋아하는 바를 할 수 있다. 사랑이 모든 다른 문제를 해소할 것이기 때문이다.

사랑은 완전히 자기포기가 있을 때만 존재할 수 있다.

—

완전한 자기포기와 함께 나무나 별, 또는 번쩍이는 강물을 보는 마음만이 아름다움이 무엇인지 알며, 그리고 '우리가 정말 보고 있을 때 우리는 사랑의 상태에 있다'.

—

내면의 아름다움을 지니기 위해서는 완전한 포기가 있어야 한다. 무엇에도 잡히지 않고 아무 부담이나 무슨 방어 또는 저항이 없는 감정. 소박함이 깃든 포기에서 나온 단순성이 창조적인 아름다움을 가져온다.

—

어떤 것을 얻기 위해서 무엇을 포기한다면 그것은 진정한 포기가 아니다.

—

포기란 보다 큰 것을 위해 작은 것을 기꺼이 단념하는, 구도자에 의해서 수행되는 가장 현명한 길이다. 그는 영원한 기쁨을 위해 덧없는 감각적 쾌락을 포기하는 것이다. 그러나 포기는 본질적인 목표는 아니다. 그것은 영혼의 본질을 표현하기 위해 그 바탕을 깨끗이 하는 것이다.

—

내 신조:
"사랑을 따르라, 비록 사랑이 자기희생으로 이끈다 하더라도."

내가 상처 받은 감정을 느끼는 한, 두려움이 있는 한, 당신이 나를 도울 것이라는 기대에서 당신을 돕는 한, 거기에 사랑은 있을 수 없다.

사랑한다는 것은 무엇을 뜻하는가? 그것은 하나의 이상, 아득히 먼, 얻을 수 없는 무엇인가?

동정과 이해의 성품을 지니는 것, 자연스럽게 사람을 돕는 것, 아무 동기 없이 속에서 우러나 친절해지는 것, 나무나 개를 돌보는 것, 마을 사람을 동정하는 것, 친구와 이웃에게 너그러운 것, 바로 이런 일들이 사랑이 아니겠는가.

무연자비無緣慈悲, 낙초자비落草慈悲.

사랑은 구체적으로 나타나야 한다. 만약 어떤 사람이 '나는 꽃을 사랑해요, 그 어떤 것보다 꽃을 사랑해요'라고 말하면서 물을 안 주고 꽃을 말라죽게 내버려 둔다면, 그 사람에게 뭐라고 말하겠는가.

믿음이 있다고 말하면서도 행함이 없으면 무슨 소용이 있겠는가? 그런 믿음이 그를 구원할 수 있을까? 믿음에 실행이 따르지 않으면 그것은 죽은 것이다.

—

내가 존경하는 인물은 자기중심성으로부터 스스로를 해방시킨 사람들, 아니, 스스로를 해방시켰다기보다 '사랑에 의해서 자기중심성으로부터 해방된' 인물이다. 내가 생각하고 있는 것은 아씨시의 프란체스코와 석가모니.

—

프란체스코는 허리를 굽혀 길가에서 예쁜 노랑 데이지꽃 한 송이를 꺾으려고 했다. 그러나 손을 내밀던 그는 갑자기 손길을 멈추었다. 마음이 변한 것이다.

"주께서 길가를 밝게 장식하려고 보내신 것인데, 하느님이 창조한 생명이 그 의무를 다하고 있는 걸 막으려고 해서는 안 되지."

그리고 데이지 한 송이를 보고 손을 흔들었다. 그것은 마치 자기가 사랑하는 여동생과 헤어지는 광경이었다.

—

프란체스코를 따르던 제자 한 사람이, 한겨울 밤에 발가벗고 걸으면서 떠는 스승을 보고 놀라서 물었다.

"이렇게 추운데 왜 발가벗고 가십니까, 신부님?"

"지금 이 순간에 추워하는 형제와 자매들이 수천·수만이나 되기 때문이다. 나는 그들에게 따뜻하게 지내라고 줄 담요가 없으니 추위라도 나누려는 생각이다."

프란체스코는 자선이란 가난한 사람에게 '허리를 굽히는' 것이 아니라 가난한 사람의 수준으로 '자기를 들어올리는' 일이라고 생각하였다.

—

우리가 무엇인가를 준다는 것은 한 송이 꽃이 저절로 향기를 뿜어내듯 자연스럽게 일어나는 것이다.

—

우리가 한 인간을 즐겁게 해줄 수 있다면 그 사람이 우리에게 부탁하건 말건 어떤 경우에나 그렇게 해주어야 하지 않을까?

—

가치價値는 가르치는 게 아니라 전해지는 것. 사랑하는 것의 가치, 더 불행한 이에게 뭔가를 주는 것의 가치, '사랑한다는 것은 무엇을 한다는 것인가, 당신은 무엇이 필요한가, 당신을 위해 그것을 하고 싶다'라고 스스로에게 묻는 가치, 이것이 사랑의 혼이며 사랑의 마음이다.

—

모든 사람의 삶은 서로 연결되어 있고 일치를 이루고 있다. 설령 빈손일지라도 언제나 남을 도울 수 있고, 그럼으로써 삶을 더 풍요롭게 만들 수 있다. 남을 섬기고 봉사하는 데는 여러 가지 길이 있다. 모두 다 거룩하다.

—

우리가 누군가를 섬기면서 축복을 보낼 때 세상과 우리 주변과 우리 안의 빛은 더욱 밝아진다. 섬김이야말로 세상을 치유하는 길.

—

도움을 주는 관계란 자칫 대상에게 빛을 진 느낌을 줄 수 있다. 그러나 섬김은 상호적이다. 섬김에는 빚이 없다. 섬기게 되면 함께 향상된다. 남을 도울 때는 만족감을 찾게 되지만, 섬김은 오직 감사의 체험만을 공유한다.

섬김은 이론으로 이루어지지 않는다. 섬김은 말로 성취되는 것이 아니라, 구체적인 행동을 요구한다.

덕德이란 단순히 선善을 행하는 수준을 넘어서서 최선을 다하려는 어떤 성향이다. 덕은 결국 우리 행동을 조절하고 좋은 삶을 영위할 수 있도록 도와주는 신뢰할 만한 힘, 즉 능력이다.

찾아오는 모든 손님들을 부처님과 주님처럼 맞아들이라.

길을 가리킨 손가락

「쿨룩 쿨룩」
「1974년의 인사말」
「어떤 몰지각자의 노래」

줄죽　얄을　이민　　　줄죽　원　줄죽　　　줄죽
　　　벙이드　감기ㄴ　　줄죽　기첨이　줄죽　　줄죽
　　　른지　　　　　　　　　이리
　　　바ㅅㅅ　　　　　　　　나오나

(20×10)

쿨룩 쿨룩

法頂

쿨룩 쿨룩
웬 기침이 이리 나오나
쿨룩 쿨룩

이번 감기는
약을 먹어도 듣지 않네
쿨룩

법이 없는 막된 세상
입 벌려 말 좀 하면
쿨룩 쿨룩

비상군법회의 붙여
십오년 징역이라
쿨룩

자격을 또 십오년이나
빼앗아 버리니
쿨룩 쿨룩

이런 법이
이런 법이 어디 있는가
쿨룩 쿨룩 쿨룩

입 다물고 기침이나 하면서
살아갈거나
쿨룩 쿨룩

기침은 마음 놓고 해도
그 무슨 조치에 걸리지 않는지
쿨룩 쿨룩

기침도 두렵네
기침도 두렵네
쿨룩 쿨룩 쿠울루욱…

1974. 2. 7.

1974년의 인사말

法頂

그 동안 별일 없었어요?
만나는 친구들이
내게 묻는 안부
요즘 같은 세상에서
이 밖에 무슨 인사를 나눌 것인가

별일 없었느냐구
없지 않았지
별일도 많았지
세상이 온통 별일뿐인데
그 속에서 사는 우리가 별일이 없었겠는가
낯선 눈초리들에게 내 뜰을 엿보이고
불러서 오락가락 끌려 다녔지
다스림을 받았지
실컷 시달리다 돌아올 때면
또 만나자더군
정 떨어지는 소린데
또 만나자고 하더군
별일 없었느냐구

1974년의 인사말

별일 없어여요?

그동안 별일 없어여읍?

만나는 친구들이

내게 묻는 안부

을즘 갈으 세상에서

이 받에 12수 인사를 나눌 것인가.

별일 없이 사는가 나나?

茶來軒

(20×10)

왜 없었겠어
치자治字가 모자라 별일 없었지
친구여, 내 눈을 보는가
눈으로 하는 이 말을 듣는가
허언虛言은 입으로 하고
진언眞言일랑 눈으로 하세
아, 우리는 이 시대의 벙어리
말 못하는 벙어리

몸조심 하세요
친구들이 보내는 하직인사
그래, 몸조심 해야지
그 몸으로 이 긴 생을 사는 거니까
그런데 그게 내 뜻대로 잘 안 돼
내 몸이
내게 매인 게 아니거든

1974. 2. 10.

一九七四年 一月

過 知覺者의 노래 十

1

나는 지금

다스림을 받고 있는

一部 불지각한 者

大韓民國 住民 3천 5백만

다른 知覺이 있으며

茶來軒

(20×10)

1974년 1월
어떤 몰지각자沒知覺者의 노래

法頂

1.

나는 지금

다스림을 받고 있는

일부 몰지각한 자

대한민국 주민 3천5백만

다들 말짱한 지각知覺이 있는데

나는 지각을 잃은 한 사람

그래서

뻐스 안에서도

길거리에서도

또한 주거지住居地에서도

내 곁에는 노상

그림자 아닌 그림자가 따른다

기관機關에서 고정배치된

네 개의 사복私服

그 그림자들은

내가 어떤 동작動作을 하는지

스물네 시간을 줄곧 여순다
이 절망의 도시에서
누구와 만나
어떤 빛깔의 말을 나누는지
뭘 먹고 배설하는지
사냥개처럼 냄새를 맡는다
나를 찾아온 선량한 내 이웃들을
불러세워 검문하고
전화를 버젓이 가로채 듣는다
그들은 둔갑술이라도 지녔는가
거죽은 비슷한 사람인데
새도 되고 쥐도 되어
낮과 밤의 말을 여수니

2.
시정市井은 평온하더라
지각 있는 사람들이 사는
그 거리는
아무 일도 없다는 듯
평온하게 흐르더라
미끼를 보고 우르르 몰려드는
어복魚腹들처럼

과세를 감하고 면한다는
흥분한 활자에 눈을 빛내고
축축한 대중가요
끈적거리는 연속극에
한결같이 귀를 모으더라
오, 그러니 몰지각한 나와 내 동료들만
평온치 못하는가
주리를 틀리는가

3.
섣달그믐
흩어졌던 이웃들도
한 자리에 모여
오손도손 나누는 정다운 제야除夜
나는 검은 코로나에 실려
낯선 사벽四壁의 초대를 받는다
이 시대
이 지역에서
그 이름만 들어도
두려워 떠는 중앙정보부
밤새껏 냉수를 마셔가며
진술서에

강요된 자서전을 쓴다

까맣게 잊어버린 전생前生
출생지의 숫자를 되살리고
나도 모르는 내 일상의 양지陽地를
이 음지陰地의 거울 앞에서 알아낸다
손가락마다 등사잉크를 발라
검은 지문을 남기고
가슴에 명패를 달아
사진도 찍는다
근래 이런 일이
내게는 익숙해졌지만
섣달그믐 이 제야에는
어쩐지 조금 피곤해
성모 마리아의 품에
반쯤 기대고 싶었다.

4.
정초 초이틀
얼어붙은 추위 속에
또 누가 나를 부르는가
비상고등군법회의

검찰부
염라청의 사자처럼
소환장을 내미는 가죽잠바 둘
또 검은 코로나에 실려 간다
업경대業鏡臺 앞에 세워 두고
나와 내 동료들의
우정을 시험한다
나더러 유다가 되란 말인가
어림없는 수작
함께 질 수 없는 짐일진대
내 짐은 내가 지리로다

삼엄한 공간에서
몇 사람의 동료들을 만났다
오, 오랜만에 마주친 나의 친구들
그새 몹시들 수척해졌네
얼마나 다스림을 받았을까
손을 마주잡는 그 무게에서
말없이 주고받는 그 눈길에서
우리는 우리들의 우정을
절절하게 확인한다
지옥이라도 함께 들어갈 뜻을 굳힌다

5.
우리가 무슨 대역죄라도 지었단 말인가
서로 흘기지 말고 믿고 살자고
입 가지고 말도 좀 나누면서 살자고
우리 모두
정직하고 떳떳하게 살아보자고
남들처럼
허리 펴고 사람답게 살아야겠다고
역사의 길목에서 길을 가리킨
그 손가락이 죄란 말인가

한 울타리 안에서
사람이면 누구나 비슷비슷한
시력과 청각을 지녔는데
부른 자와 불려간 자 사이는
보고 듣는 것마다
어찌 그다지도 땅과 하늘인가
귀에 익은
혀에 익은
똑같은 모국어를 쓰면서도
다스리는 자와 받는 자 사이는
이해의 거리가 십만팔천리

아, 이 아득한 거리를 무엇으로 메꿀까
이 답답한 벽을 무엇으로 허물까

6.
저 포악무도한
전제군주 시절에는
상소하는 제도가 있었는데
억울한 백성들이 두들길
북이 있었다는데
자유민주의 나라 대한민국
1974년 1월
백성들은 재갈을 물린 채
두들길 북도
상소할 권리도 없이
쉬 쉬 눈치만 살피면서
벙어리가 되어 가네
귀머거리 장님 되어 절뚝거리네
장님이 되어가네

7.
실려 갔다가
내 발로 휘적휘적 돌아오는 길은

새삼스레
인간사가 서글퍼지데
기는 것은 짐승이요
똑바로 서서 걷는 것은 사람이라고
인류문화사에는 똑똑히 박혀 있는데
오늘 우리들은 무엇인가
이러고도 사람이라 불릴 수 있을까
거죽만 사람인 인비인人非人
기어 다니는 짐승들 보기 부끄럽네

연탄불이 꺼져 썰렁한 방 안
그건
우리 시대
이 지역의 기온
나는 춥고 억울해서
오들오들 떤다
전에 없이 좀 미안하다
내 육신에게
전에 없이 좀 안쓰럽다
내 손과 발에게

이런 나를 위로하는

대지의 음성
남들이 해낸 일은
자네도 할 수 있을 거야
암, 할 수 있고말고
할 수 있고말고

 8.
나는 지금
다스림을 받고 있는
일부 몰지각한 자
대한민국 주민 3천5백만
다들 말짱한 지각知覺을 지녔는데
어찌하여 나는 지각을 잃었는가

아, 이가 아린다
어금니가 아린다
입을 가지고도 말을 못하니
이가 아리는가
들어줄 귀가 없어 입을 다무니
이가 아리는가
오늘도 나는 부질없이
치과의원을 찾아나선다

- 여수다: 엿보다, 엿듣다
- 박정희 정권 시절, 유신독재 체제에 반대하는 지식인, 종교인들을 구금하고 탄압할 때 몸소 겪은 심정을 표현한 시이다. 당시 박정희 정부는 유신 헌법을 만들어 일체의 개헌 논의를 금지했고, 이에 반대하는 사람들을 검거해 감옥으로 보냈다. 이 무렵 스님도 반체제 재야인사인 함석헌, 장준하, 지학순 주교 등과 함께 수감되어 비상군법회의 계엄법정에서 15년 형을 선고받기도 했다. 인혁당 사건을 계기로 스님은 출가수행자로서 어떻게 살아야 할지 번민하던 끝에 서울 봉은사 생활을 마감하고 조계산 송광사 산내 폐사지에 불일암을 지어 머물기 시작했다.

여시아문如是我聞

부록1

나를 두 번 죽이지 말라

어느 해 입춘 날 섬진강에 첫 청매가 피었다는 전갈이 왔다. 서둘러 대진 고속도로를 타고 지나가는데 못 보던 표지판이 도로 오른쪽에 붙어 있었다. '○○ 스님 생가'라고 적힌 표지판과 출구 표시화살표였다.

"생가 복원은 ○○ 스님이 원하신 일이 아닐 텐데… 내 오늘 이 길로 잘 들어섰네. 손 거사님, 간곡히 부탁드립니다. 내 몸 불사른 후 식은 재를 뒤적거리거나, 생가 복원이라는 일은 절대 있어서는 아니 되니 감찰부 역할을 맡으셔야 합니다. 중이 뭐 대단한 존재라고 생가 복원을 합니까. 이런 일은 나를 두 번 죽이는 일입니다."

이근원통 耳根圓通

수류산방 너럭바위 작은 폭포 아래 조금 떨어진 곳에 스님의 좌선대가 있다.

"물소리를 들으라. 법음이라! 소리를 들으면서 숨을 들이쉬고 내쉬며 코 밑의 미세한 흐름에 집중하라. 단, 개울물 소리에 따라가지 말고 소리의 뿌리 즉 본성에 내맡겨라."

불구부정 不垢不淨

1990년 초봄 불일암에 갔다. 정갈하고 단아한 해우소를 둘러보기 원해 해우소 청소를 자청했다. 걸레 두 장을 주셨다. 청소 도중 졸지에 걸레 한 장을 밑바닥으로 떨어뜨리고 말았다. 스님께서 해우소 아래쪽에 떨어진 걸레를 긴 막대로 꺼내신 후 샘터로 가서 걸레를 빠시고는 그 걸레로 얼굴을 닦으셨다.

"불구부정."

무소유

"무소유란 모든 것으로부터 자유로워지는 것이다. 흔히 무소유를 물질을 갖고 안 갖고의 관점에서 이해하는데, 무소유란 물질 위주의 생활에서 존재 중심으로 이동하라는 뜻이다."

"나를 바꾸지 않고는 도를 이룰 수 없다. 철저한 자기성찰로 과감하게 주변 정리를 하여 생활을 단순화하라. 적게 갖고 만족할 줄 아는(소욕지족) 삶의 지혜가 탐진치 소멸의 지름길이다. 비교와 경쟁이 떨어져 나가 스스로 마음의 안정이 오고 평안해진다. 많이 가진 자가 속돼 보이고 많이 가진 자는 스스로 부끄러워진다."

"조건 없는 보시 습관 들이기(낙초자비, 무연자비). '보시행' 하면 무엇을 싸들고 어디를 가야 하는 머리 무거운 일로 생각들 하지만, 하루에 한 가지씩 지금 여기 옆 사람에게 나누는 연습을 지속적으로 하면 습이 생겨 업력을 이룬다. 이 연습을 오래 하면 나라는 개체가 온데간데없이 사라져 일체가 우리가 한 뿌리임을 자각해 무아의 경지로 쉽게 들어간다."

"'누가 나를 사는가?' '나를 누구로 여기며 사는가?' '나는 누구인가?' 지속적으로 물으라. 나를 깨닫지 못한 중생으로 여기면서 백날 틀고 앉아 봤자 모래를 쪄서 떡을 만드는 일과 같다. 허나 나를 부처로, 하나님으로, 신으로 결정하여 곧 바로 알아차리는 순간 눈앞이 환해지면서 전광석화로 일초즉입여래지로 들어간다. 공부의 핵심은 '오늘 나를 누구로 여기느냐'다."

우주의 약

어느 해 겨울, 수류산방으로 오르는 산길은 눈이 수북하고 군데군데 산에서 흘러내린 물이 얼어붙어 빈 몸으로도 오르내리기 힘든 상황이었다. 아픈 지인을 위해 스님께서 얼음을 깨고 자그마치 20리터짜리 물통에 산방 물을 담아 배낭에 지고 내려가시면서,

"이 물을 환자한테 마시게 하여 병을 고쳐 보겠다. 예부터 이 골 물이 좋아 병을 많이 고쳤다는 이야기도 있고, 또 여기 물은 삼 썩은(산삼 녹은) 물이란다. 내가 이 산 저 산 물을 다 마셔 보았지만, 전해들은 이야기에 걸맞게 이 골 물맛이 달고 순하다. 〈리그베다〉에도 '물은 우주의 약'이라고 씌어 있다."

물지게 나르는 일은 겨우내 계속되었다.

'소리 없는 소리 듣기 명상'

여기 눈 고장엔 연일 눈이 내려 월백, 설백, 천지백이다. 해우소로 가는 길, 개울로 물 길러 가는 길, 장작광으로 가는 길을 빼고는 내린 눈 그대로 수북하게 두고 발자국을 남기지 않는다. 이것이 산중에 사는 내 질서다.

눈이 내리는 소리에 집중한다.
소리 없는 소리를 듣는다.

이 명상법은 누구나 쉽게 접근하여 마음이 차분하게 가라앉아 빠른 시간 내에 선정에 들 수 있다.

－스님 말씀

"역시 내 상좌라!"

스님께서 산내 암자에서 동안거를 마치고 해제에 들어간 상좌스님 토굴을 찾으셨다. 그의 공부 점검을 '떠난 자리'에서 보기 위해서였다. 다음에 정진하러 올 사람을 위해 얼마나 배려하고 떠났나가 수행자의 점수.

　토굴 구석구석을 둘러보셨다. 쓰던 이부자리는 빨아 놓았나, 청소는 깨끗이 하고 정리정돈이 되었나… 특히 다음 수좌가 와서 쓸 장작을 넉넉하게 해 두었나가 제일 중요한 관건이었다.

　"공부 잘하고 떠났구나. 역시 내 상좌라!"

　스님은 만점을 주셨다.

"꽃에게서 들으라"

해마다 봄 법문을 시작하실 때면,

　"이 찬란한 봄에 부처님 회상에 다시 모여 참으로 행복하다."

　그리고 끝맺을 때에는,

　"오늘 내가 못 다한 말은 꽃에게서 들으라."

이것이 대체 무슨 소리일까? 꽃의 빛깔과 향기는 어디서 오는가.

우리는 '내가 나다'고 말하지만 내 안에 '나라고 할 나'가 참으로 있는가. 그러니, 꽃을 바라보며 꽃과 하나 되어 우주의 생명 에너지를 느껴라. 한 송이 꽃에도 우주가 들어 있다. 꽃은 우주다!

부처님이 가섭에게 그리하셨듯, 스님은 우리에게 꽃을 들어 보이신 것이다.

큰 산을 들고 다니는 두 거사

어느 해 중복을 갓 넘겨 바람 한점 없는 더운 날 불일암에 70대로 보이는 두 거사님이 올라오셨다.

"아유, 힘들다, 힘들어."

숨을 헐떡거리며 합죽선으로 부채질을 멈추지 않는 두 분을 바라보며 스님께서,

"그렇게 큰 산과 소낭구를 들고 다니니 힘도 들겠구먼!"

무슨 말씀인가 했더니, 연신 부채질을 쉬지 않는 합죽선에 묵화로 빈틈없이 큰 산과 소나무 여러 그루와 바위까지 그려져 있었다.

x

소참법문

어느 해 5월 강진의 김영랑 고택에 들러 모란꽃을 둘러보시고, 내친 김에 무위사로 향했는데 무위사 주차장에 마침 대형 버스 세 대가 도착했다. 급히 내린 비구스님 두 분이 스님을 알아보고 "절에서 방생 나왔다"며 신도들께 소참 법문을 청했다.

　"진불하처. 나를 누구로 여기며 사는가?"

　"행하라. 조용하고 친절한 말씨, 온화한 얼굴, 남을 배려하는 마음가짐으로 보시행 하라."

진불하처眞佛何處

"모양 없고 이름 없음을 참부처라 이르지 말라.

사람 떠나 참부처님 찾지 말지니.

사람사람이 부처요, 처처가 법당이다.

이 밖에서 부처 구함이 거짓 아닌가?"

行하라!

"행 속에 생각과 말이 들어 있다.

행은 창조적인 자기표현이다.

자기표현의 완성자가 부처님이다.

수행자는 '행함'이라는 길을 가는 사람이다."

• 소참법문小參法門: 어른 스님이 특별한 격식을 갖추지 않고 대중이나 아래 스님들에게 들려주는 법문.

문사수

길상사 가을 정기법회 날 스님의 법회가 끝난 후 비빔밥 점심공양을 모두들 맛있게 먹었다. 삼삼오오 짝을 지어 도량 안을 걷거나 자리를 펴고 앉아 가을빛을 받으며 오늘 들은 법문에 대해 도반끼리 법담을 나누는 모습은 극락 그 자체요 별유천지라.

행지실(주지가 머물던 방 이름)에서 한 불자가 문사수聞思修에 대해 여쭙자 답하시기를,

"지혜로 향하는 세 갈래 길은 제각각 따로가 아니요 본래 있던 지혜를 드러내는 일이다."

문사수聞思修
경전 첫 머리는 이렇게 기술하고 있다.
'이와 같이 나는 들었다[如是我聞]'라고.
'들음[聞]'이 없는 '비추어 봄[思]'은 존재치 않는다.

듣고 비추어 보고 닦음이 지혜로운 수행자의 길이다.

중도와 방하착

IMF로 인해 나라안이 어지럽고 힘들었던 해 겨울, 재경부 각료들
이 스님께 법을 청해 손 거사님 댁에 모였다. 이날 '지도자들이 지
녀야할 덕목'에 대해 말씀하시길,
　"방하착하라. 마음을 비우고 내려놓아야 한다. 흙탕물을 가라앉
혀야 앞이 보인다. 즉 지혜의 눈이 열린다. 항상 '중도'의 마음가짐
으로 나라 살림을 해 나가야 한다."

중도中道
"중도는 가운데나 적당함이 아니다.
외형적인 중간이 아니라 치우침 속의 치우치지 않음이다.
고苦속의 낙樂이고, 낙 속의 고이다.
나 속에 네가 있음이고, 네 속에서 나를 발견함이다."

방하착放下着
"수행은 내려놓음이다.
움켜쥔 손을 폄이다.

텅 비워야 충만해진다.

비움이 대자유인의 길이다."

금강경 독송 테이프

1992년 8월 25일 수류산방에서 독송하신 테이프를 보내시면서 덧붙이시기를,

"무릇 형상이 있는 것은 다 허망하니, 형상과 형상 아닌 둘을 모두 통찰하라. 그것이 곧 여래를 만나는 일이다."

"모양 있는 것과 모양 없는 것을 함께 봐야 한다.
차별 없는 마음으로 차별 있는 모양을 봄이 진정한 봄이다.
바로 봄은 바른 삶의 길로 인도하는 안내자다.
대부정을 통한 절대 긍정의 마음이 참된 삶을 만든다."

너럭바위 소낭구

스님이 수류산방 칩거를 시작하실 때 너럭바위 위에 소나무 풀씨

하나가 떨어져 10cm 정도의 여린 몸으로 서 있었다.

"허구한 많은 땅을 놔두고 하필이면 이 척박한 바위 위에 뿌리를 내렸는가."

그 뒤로 차 찌꺼기를 하루에 두 차례씩 가져다 부으시며 축원하시기를,

"내생엔 좋은 땅 만나 뿌리를 내리거라."

세월이 흘러 나무가 3미터가량 높이가 되면서부터는 우듬지를 잘라내고 바람타지 않게 수형을 잡아가며 각별한 사랑으로 20여 년간 보살피셨다.

그리고 마지막 순간에… 갑작스레 그 소나무에 산골散骨을 원하셨다.

지인들의 서한

부록2

김수환 추기경

존경하올 法頂 스님,

그 동안에도 평안하시옵기를
바랍니다.
오늘 저희 신자들을 위하여 먼길을
마다하지 않으시고 여기까지 와
주셨음에 진심으로 감사드립니다.
제가 스님을 마중하러 비웠어야
도리인데 부득이한 사정으로
이 글로써 인사를 드리오니 너그러이
받아주시기를 바랍니다.
거듭 감사드리오며 내내 안강
하시옵기를 빕니다.

1998년 2월 24일 김수환드림

스님께 멀리서 문안 여쭙니다.
知之者 不如好之者 好之者 不如樂之者라는데
쓸데없는 知로 물되어 객지에서 죽치고 있읍니다.
맡은 던 벽에는 스님께서 주신 「홀로 마시는 차」
가 붙어 있읍니다.
추운 계을 추운 세상에 마음이나마 따뜻하게.
형언할 수 없는 봄 여름 가을 - 아무에게
아우 것도 못해주고 못 되어준 자신이 아둡니다.
우리네는 孝寿臨이라고 부르는 계절에 스님께
바다 똑같은 마음이 평화와 기쁨을 빕니다.

頂宽께도 인사합니다.   로마에서 옵 合掌

장익 주교

스님께 멀리서 문안 여쭙니다.

　지지자 불여호지자 호지자 불여락지자라는데 쓸데없는 지知도 못 되어 객지에서 죽치고 있습니다. 맞은편 벽에는 스님께서 주신 〈홀로 마시는 차〉가 붙어 있습니다.

　추운 겨울 추운 세상에 마음이나마 따뜻하게.

　형언할 수 없는 봄 여름 가을―아무에게 아무 것도 못해주고 못 되어준 자신이 아픕니다.

　우리네는 대림待臨이라고 부르는 계절에 스님께 바다 속 같은 마음의 평화와 기쁨을 빕니다.

　돈연頓然께도 인사합니다.

로마서 익益 합장

• 지지자 불여호지자知之者 不如好之者 호지자 불여락지자好之者 不如樂之者: 아는
　이는 좋아하는 이보다 못하고, 좋아하는 이는 즐기는 이만 못하다. 〈논어論語〉
　옹야雍也편에 나오는 말.
• 대림: 성탄절 전 4주간으로, 예수 그리스도가 오시기를 기다린다는 의미.

壮志

根訊以...信...

...耻起...武

...病答知

先州髮鬐川召入寅初山秊生
川白渦主露呈了妙方之於奉
四溪川北等志等後雜緩
根機多包世尊日於秊緣曇曇
山静云川是三小妙呈一也乞
歎樗譯自雲日陰分遺遺
多乳金人仮華呈呈哥丁川

향봉 스님

광주의 떠들썩한 소리가 바로 실상산實相山에 들어왔네. 하좌夏坐하면서 전라도 지방은 나와 인연이 없다고 자인自認하며, 다만 근기根機가 만 배나 수승殊勝하기만을 생각할 뿐이지. 우선 세존께서 말씀하신, 인연이 없으면 내가 어떻게 할 도리가 없다는 것은 바로 삼불능三不能 중 한 가지이니 한탄스럽기만 하네. 모두 다 내버려둔 채 백운동으로 돌아와 분수에 맞게 자리를 차지하고 있다네.

　삼가 풍성하고 아름다운 이 계절에 정진精進하는 데 걸림은 없는지? 지극한 마음으로 송축드리네. 나처럼 근기根機가 나쁜 사람은 병으로 늙어가고 있으니 어떻게 해볼 수도 없다네.

　상인上人은 나이가 더할수록 뜻은 더욱 견고해지는 시절을 맞았으니, 무슨 아쉬움이 있을까. 선한 것을 선하게 여기면서, 머물만 하면 머물고 떠나야 할 땐 떠나는 것이 어떨는지.

　나머지 이야기는 상기증上氣症으로 현기증이 나서 제대로 다 쓰지 못한 채 이만 대충 줄이네.

1980년 여름날

병든 향봉香峰 합장

• 광주의 떠들썩한 소리: 1980년 광주민주화운동을 지칭.
• 하좌夏坐: 승려들이 여름 장마 때 외출하지 않고 함께 모여서 수행하는 일.
• 근기根機가 수승殊勝~: '근기'는 가르침을 받아들일 수 있는 소질이나 근성을 말하고, 수승殊勝하다는 것은 뛰어나다는 말.

- 삼불능三不能: 첫째 '불능면정업중생不能免定業衆生'으로 정업을 고칠 수 없는 중생은 제도하기 어렵다는 것이며, 둘째 '불능도무연중생不能度無緣衆生'으로 인연이 없는 중생은 제도하기 어렵다는 것이고, 셋째 '불능진중생계不能盡衆生界'으로 모든 중생계를 다 제도할 수는 없다는 것인데, 편지에서 말하는 것은 둘째 불능에 해당한다. 〈대승기신론〉〈호법론〉 등에 자세한 내용이 나온다.
- 상기증上氣症: 기운이 위로 치밀어서 피가 뇌로 몰리는 병리현상으로, 얼굴이 붉어지고 열이 나며 발한, 두통, 이명耳鳴, 현기증 따위가 일어나기도 한다.

法頂께

글程 ㄹ써한 있고
그 乱字는 더듬어보니 무뚝뚝한는
것으로는 意味가 通치 않고, 그 字
八楷字와 通한다고 했으니, 그 楷
의 뜻中에 留止라는 것으로 政
해서 降乱, 곧 이 世上에서
乱 떰들리게 섰다는 意味로
해야 할것 같습니다.

근리 이침에 무엇을 할을
것이 있어 字典을 뒤적이나
우연히 적어있는 詩를 發
見엇기에 느들주으라 써
떠기써 보맘니라.

三國時代 魏의 边讓人 應璩
란는 有名한 文人의 글임니다.
성해찰것으시기입니다

清秋節 밤에

함석헌

법정法頂께

글월 고맙게 받았고

그 계자乩字는 더 찾아보니 무꾸리라는 것으로는 의미意味가 통通치 않고 그 자字가 계자稽字와 통通한다고 했으니 그 계稽의 뜻 중中에 '유지留止'라는 것으로 취取해서 강계降乩, 곧 이 세상世上에 내려와 머물러 계셨다는 의미意味로 해야 할 것 같습니다.

그런데 아침에 무엇을 찾을 것이 있어 자전字典을 뒤적이다가 우연히 재미있는 시詩를 발견發見했기에 나누고 싶어서 여기 써 보냅니다.

삼국시대三國時代 위魏의 여남인汝南人 응창應瑒이라는 유명有名한 문인文人의 글이랍니다.

새해 잘 맞으시기 빕니다.

십이월十二月 이십구일二十九日

바보새

昔有行道人　석유행도인

年各百餘歲　년각백여세

住車問三叟　주거문삼수

上叟前致詞　상수전치사

中叟前致詞　중수전치사

下叟前致詞　하수전치사

要哉三叟言　요재삼수언

陌上見三叟　맥상견삼수

相與鋤禾莠　상여서화유

何以得此壽　하이득차수

室中嫗粗醜　실중구조추

量腹節所受　량복절소수

夜臥不覆首　야와불복수

所以能長久　소이능장구

그 옛날 길 가는 사람이 있어

밭두렁 위에서 세 분 노인을 만났네.

연세는 제각기 백 살이 넘었는데

함께 서로 논을 매고 있었네.

수레를 멈추고서 세 노인께 묻기를

어떻게 이토록 장수를 누릴 수 있나 하였더니

위에 있던 노인이 앞에 나와 말하였네.

집에 있는 할멈이 아주 못생겨서 그렇다오.

중간에 있는 노인은 이렇게 말했네.

뱃속을 헤아려 먹는 것을 조절했소.

아래 노인은 와서 말하길

밤에 잠 잘 때 머리를 덮지 않는다 하였네.

중요한 뜻이 담겼네. 이 세 노인의 말이여.

이 때문에 오래토록 살아갈 수 있구나.

거나 設使尊敬을 받는대도 佛則에 背錄되일 들을 아우님이 빨
잡지 아니하며 누가 하것는가 程事間에 如法修行 如程行 解가 누가
俱足한는지 外界에서 본것과 門內에서 본것이 天地懸隔이나 자네
도 參徹하게 觀察하여 보시고 羅城高麗寺로 옴을 바래네
제네바 佛蘭寺開院 式은 陰 六月九日午前十時에 佛像을 點眼하고
式과 倂行하였고 儀徒 特志家가 있어서 五千弗라 捐貨百弗
萬圓지로 보살고 創建은 明年하니 明年에 아우님이 오여서
東洋學會殿的인 法會가 있으며 成果가 大團結것을 思
料되네 나의 바우린은 佛語로 翻譯되어서 年內에 出板될것 같고
네 拙著 今가 世界的인 展望이 보인것은 아우님 慧澤이네 나는 六月
十八日에 羅城가서 카멜에 大覺寺 創建이 연덤게 된것을 보고 七月
이나 八月初에 歸國穩當이네 이으로 善導와 諸般書를 付託하며
餘는 後期하고 不備禮로 하네

六月十三日 九山合掌

法頂 아우님에게

囪頭山色現眞身 望湖上龍舡過法門이로다 花笑鳥啼當

妙理에 向前萬事 旣然觀이로다 時唯三伏炎炎에

法體候 一如淸淨하시며 山中이 蓊欝한가 逺了顧関이네 老漢

은 玄虚言하여等을 아니라 歐洲諸國을 經過하면서 行樂이 不如歸

苦하고 明言에 드를침이 없네 胃六日羅俄 出發時에 修人事도 缺하고

出發하였으나 曹溪山中을 아움만고 있으니 붓들 兄을 容恕하바라네

그러고 壽中形便이나 夏期 修鍊生들을 아우님이 좀 보살퍼 주었으

로믄내가 鎖勞師氣質이어서 띠으러운점도아우님이 理解하시소

小도알으로는 자네꼐到나를 더이나가 春陽에霜雪이내려그러에

되서 인진志 過去의 如何를 微笑로 一掃하고 曹溪叢林의 梁의 前

道...

Centre Bouddhique International Bul-il

BUDDHAYĀNA VIHARA （佛乘寺）

ARTOU   8, rue de Rive 1204 Genève   Suisse

Tél. 022 21 84 08

Namo tassa bhagavato arahato sammā sambuddhassa

Le Comité Préparatoire de l'Association du Buddhayāna
Vihara a le plaisir d'annoncer l'inauguration par le
Vénérable Maître KUSAN, président d'honneur de l'Asso-
ciation, du Buddhayāna Vihara （ 佛乘寺 ）, centre
destiné à l'étude du bouddhisme et à la pratique de la
méditation.

La cérémonie d'inauguration du centre et de consécra-
tion de la statue de Buddha, envoyée spécialement de
Corée, se tiendra le 28 juillet 1982 (année 2525 de l'ère
bouddhique) de 9h30 à 11h30 dans les locaux de l'Institut
d'Etudes Orientales, au 8 rue de Rive, 1204 Genève, Suisse.

Nous espérons que vous serez nombreux à témoigner de l'in-
térêt à cette initiative et à nous encourager dans nos
projets.

La présente lettre tient lieu d'invitation.

Au nom du Comité Préparatoire de l'Association du Buddhayāna
Vihara,

Hyun - Ho   Renaud Neubauer

구산 스님

법정 아우님에게

백두산이 참된 실체를 드러내고 호수 위 용선龍船이 법문法門을 지나는구나. 꽃이 웃고 새가 지저귀는 것이 모두가 묘리妙理이니, 억겁億劫 전에 만물이 이미 이렇게 친밀하도다.

삼복의 찌는 듯한 더위에 불법佛法을 수행하면서 한결같이 청정淸淨하며, 산중山中은 별탈이 없는지 소식이 궁금하네. 이 늙은이는 현호玄虎와 현종玄宗 등을 데리고 유럽의 여러 나라들을 지나다니다 보니, "행락行樂이 불여좌고不如坐苦"라는 말을 확실하게 느끼고 있다네.

4월 6일 LA로 출발할 때는 인사치레도 못하고 떠나왔네. 조계산중曹溪山中을 아우님만 믿고 왔으니 이 못난 형을 용서해주기 바라네. 절간의 모든 형편이나 하기 수련에 대한 일들은 아우님이 잘 보살펴 줄 것으로 믿는다네. 이른바 선사기질禪師氣質이라고, 좀 껄끄럽더라도 아우님이 이해하시게. 나도 앞으로는 자네에게 배울 것이네. 봄볕에 눈서리처럼 그렇게 해야 되지 않겠는가. 과거에는 어찌하였던 간에 미소로 다 지워버리고, 조계총림曹溪叢林의 앞날을 자네가 연구하고 발전시켜 나가길 부탁하네.

외국에서 한국불교를 바라볼 때, 삼계 대도사三界 大導師이며 사생자부四生慈父의 교훈 불교敎訓佛敎인데, 속인으로부터 지탄을 받거나 설령 존경을 받는다고 하여도 부처님 가르침에 어긋나는 일들을 아우님이 바로잡지 않으면 누가 하겠는가. 이치[理]와 일[事] 사이에서 여법수행如法修行과 여리행해如理行解를 누가 모두 만족시킬는지, 바깥에서 보는 것과 불가에서 보는 것이 하늘과 땅 차이로 다르니 자네도 냉철하게 관찰하여 보시고 LA의 고려사高麗寺로 답을 보내주시기 바라네.

제네바Geneva 불승사佛乘寺 개원식은 음력 6월 9일 오전 10시에 불상점안식佛像點眼式과 아울러 진행하였으며, 신도 중에 뜻있는 사람이 있어서 5천 프랑, 우리 돈 150만원을 시주하기도 하였으며 전망이 아주 밝다네. 내년에 아우님이 오셔서 동양학에 대한 전반적인 법회를 열게 되면 성과가 아주 클 것으로 생각하네. 법문집 "Nine Mountains(九山)"은 불어로 번역되어 올해 안에 출판될 것 같네. 송광사가 세계적으로 전망이 있게 된 것은 아우님의 지혜 덕택이네. 나는 6월 18일 LA로 가서 카멜Carmel의 대각사大覺寺 창건이 어떻게 되어가는지 살펴보고 7월이나 8월 초에 귀국할 예정이네.

앞으로 잘 이끌어 주시기 바라며 제반 일들을 부탁하네. 나머지는 다음 기회로 미루고 이만 줄이네.

1982년 6월 13일 구산 합장

• 구산九山(1909-1983): 본관은 진양晉陽, 속명은 소봉호蘇鋒鎬, 자호는 석사자石獅子, 법호는 구산九山, 법명은 수련秀蓮. 전라북도 남원 출신으로 18세

에 남원초등학교를 졸업한 뒤 한학을 배웠으며, 1937년 출가하여 1938 년 효봉曉峰을 은사로 송광사에서 오계를 받았다. 대구 동화사 주지, 조계 종 감찰원장, 조계총림의 초대 방장 등을 지냈다. 송광사에 '국제선원'을 개원한 이후, 1979년 로스앤젤레스 '고려사高麗寺'를 개원하고, 이 편지를 쓴 1982년에는 스위스 제네바의 '불승사佛乘寺', 미국 캘리포니아 카멜에 '대각사大覺寺'를 개원하였다. 평생 불교계의 정화운동과 가람 수호에 힘 썼고, 해외 포교와 송광사의 국제선원을 발전시켰으며 외국인을 상대로 한 법문을 모아 〈나인 마운틴즈Nine Mountains〉를 출간하였다.

- 明腺: 원문의 明腺에서 랑(腺에 阝을 붙인 것)은 오자誤字임.
- 용선龍船: 일반적으로 '반야용선般若龍船'을 일컫는데, 관세음보살이 망자의 영혼을 맞이하러 타고 오는 배를 가리키는 말.
- "행락이 불여좌고(行樂이 不如坐苦)": 다니는 즐거움이 앉아있는 괴로움만 못하다는 뜻.
- 조계산중曹溪山中: 조계총림曹溪叢林이 있는 조계산 송광사曹溪山 松廣寺를 지칭.
- 삼계 대도사三界 大導師: '삼계'의 중생을 열반으로 인도하는 위대한 사람, 즉 부처님을 말함.
- 사생자부四生慈父: 육도윤회六途輪廻하는 세계에서 4가지 방식[四生], 즉 태생胎生, 난생卵生, 습생濕生, 화생化生으로 태어나는 모든 중생을 열반으로 이끄는 대자비의 아버지, 즉 부처님을 말함.
- 여법수행如法修行: 부처의 가르침대로 수행하는 것.
- 여리행해如理行解: 이치대로 수행修行, 학해學解하는 것을 아울러 이름.
- 외국어 편지는 한국에서 모셔온 불상의 점안식을 구산 스님의 주재 하에 1982년 7월 28일 스위스 불승사에서 거행한다는 당시의 행사 안내장.

"행복의 비결은 필요한 것을 얼마나 갖고 있는가가 아니라, 불필요
한 것에서 얼마나 자유로워져 있는가 하는 것이다." 종교를 초월해
진정한 삶의 길을 제시해온 법정 스님은 우리 시대 영혼의 스승이
었다. 나 자신도 진정 나답게 사는 길이 무엇인지, 자유롭고 충만
한 삶이 어떻게 가능한지 구할 때마다 스님의 맑은 언어들은 깊은
울림이 되어주었다. 비록 지금은 그 말씀을 직접 들을 수 없지만,
남기신 작품을 다시 꺼내 읽을 때마다 순간순간 새롭게 피어나는
나 자신을 발견하곤 한다.

자연주의 사상가이자 단순하고 청빈한 삶의 실천가였던 스님은 출
가 이후 대부분의 시간을 산중 오두막에서 수행하며 지냈다. 소유
와 발전을 추구하는 세상을 향해, 선택한 가난과 간소함 속에서 삶
의 본질을 발견하는 길을 보여주셨다. 세상과 소통하는 것이 있다
면 특별한 날의 법문과 가끔씩 펴내는 책 정도였다. 그 글에서 어
떤 이는 다시 일어설 힘을 얻고 어떤 이는 위로를 받았다. 어떤 이

는 그 글을 수행의 교과서로 삼았다. 무소유와 침묵에서 나온 스님의 글에는 치유의 힘과 깨달음의 지혜가 있었던 것이다.

더 이상 스님의 책을 서점에서 구하기 힘들어진 오늘, 스님께서 직접 남긴 글이 있어 이처럼 한 권의 책으로 엮이게 되었다는 소식을 들었다. 추천의 글을 쓰는 이 손 안에 반가움이 가득하다. 스님의 모습이 오롯이 담겨 있는 청정한 글과 서화, 편지를 통해 매 순간 깨어 있는 삶, 지금 이 순간을 사는 길을 발견할 수 있으리라 믿는다. 스님께서 남긴 선물이 어딘가에 잠시 머물러 있다가 시간을 넘어 우리 품에 한달음에 안겨온 느낌이다. 법정 스님의 맑고 깊은 영혼의 세계가 이 책을 통해 독자들 저마다의 마음속에 한 송이 꽃으로 피어나길 바란다.

2018년 봄
안동일(동산반야회 명예이사장, 변호사)

스님은 정갈하고 대쪽같은 성품이시라 필요치 않은 것은 곁에 두지 않았습니다. 버리고 또 버리셨습니다. 수시로 아궁이에 불쏘시개로 태우면서 "버리는 것이 나의 취미"라고 하실 정도로 당신의 소유물을 엄격히 제한하셨습니다.

어느 날 수류산방 아궁이에 무얼 태우는 모습을 보고 스님께 여쭈었습니다.

"스님! 아궁이에 또 무얼 그렇게 태우십니까?"

"방편을 태울 뿐입니다."

"아궁이가 방편을 먹으면 도를 이룰 수 있습니까?"

스님께서는 부지깽이로 아궁이 문을 탁 치시며

"보살님, 그럼 내가 이 뭉텅이를 드리면 공부에 더 깊이 들어가 보시겠습니까?"

합장으로 예를 올렸습니다.

그날 이후 무시로 스님의 개인 사물이 든 상자들이 아궁이 대신 제

게로 왔습니다. 특히 2008년 초봄에 버리신 상자 속에 든 원고 뭉치가 이 책을 이루고 있습니다.

원고 뭉치 첫 장에 이렇게 기록되어 있습니다.

"잠언집을 위한 집필 Memo -유서처럼 쓰고, 유서처럼 읽기를 바라며"

오래 전 저희 부부가 뉴욕 생활을 마치고 귀국했을 때, 문명을 벗어난 원시 그대로의 모습을 간직한 장소를 물색하다 찾아낸 곳이 강원도 첩첩산중 화전민이 살던 인연터였습니다. 그곳은 땔감과 아궁이, 흐르는 개울물, 범바위가 집터를 둘러싼 오지였습니다.

여러 해가 지난 어느 봄날. 스님께서 법련사(송광사 서울 분원) 법회를 마치시고 갑작스레 움막 구경을 오셨습니다. 도량을 한 바퀴 도시더니 "이 오두막은 부처님께서 내 말년을 위해 감추어 놓은 회향처"라 하셨고, 곧바로 나뭇광에 있는 소나무 피죽을 톱질해 먹으로 '水流山房(수류산방)'이라 쓴 현판을 걸으셨습니다. 그 수류산방에서 만년을 주석하시면서 "여기가 바로 서방정토西方淨土"라 하시며 무소유의 삶을 사셨습니다.

어느새 스님께서 원적에 드신 지 8년이 지난 지금, 30여 권에 달하는 스님의 저서가 절판된 상태라 중고 장터에서 고가로 유통되고 있는 실정은 후학의 한 사람으로 너무나 아쉽고 애석합니다. 기존의 책은 출간되지 못한다 하더라도 저희들에게 남겨진 원고를 통해 스님의 정신과 가르침을 다시금 나누어, 스님의 맑고 향기로운 기운을 전하는 계기가 되길 바랍니다. 물질 만능의 전도된 가치가 지배하는 현실에서 스님의 청빈과 무소유 정신이 젊은 세대들에게 절판으로 인해 전달되지 않는다는 것은 국가적으로나 우주적으로 크나큰 손실이 아닐 수 없습니다.

아울러 올곧게 살아가고자 하는 이 시대의 모든 분들께 한 송이 연꽃을 피워 올린 이번 책을 통해 큰 위로와 격려가 되었으면 하는 마음 간절합니다.

일체 존재에 합장합니다.

이 책이 나오기까지 마음 써주신 김영사 관계자님들, 학고재 우찬규 대표님, 덕암 박종린 법사님, 한학자 석한남 선생님, 용주 정승국 선생님, 그리고 이 책에 아름다운 옷을 입혀준 건축가 김희준, 사진가 김용관 선생님께 합장 9배 올립니다.

2018년 3월 스님 8주기 봄날에

수류산방 시자 덕전德田 · 리경 내외 두 손 모음

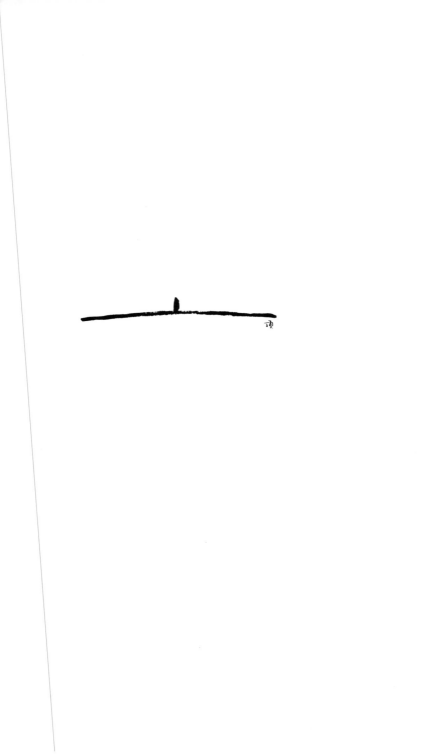

간다, 봐라
법정 스님의 사유 노트와 미발표 원고

1판 1쇄 발행 2018. 5. 10.
1판 9쇄 발행 2022. 7. 27.

지은이 법정 스님
엮은이 리경

발행인 고세규
편집 김동현 · 김철호 | 디자인 이경희
발행처 김영사
등록 1979년 5월 17일(제406-2003-036호)
주소 경기도 파주시 문발로 197(문발동) 우편번호 10881
전화 마케팅부 031)955-3100, 편집부 031)955-3200 | 팩스 031)955-3111

값은 뒤표지에 있습니다.   ISBN 978-89-349-8159-6 03810

홈페이지 www.gimmyoung.com   블로그 blog.naver.com/gybook
인스타그램 instagram.com/gimmyoung   이메일 bestbook@gimmyoung.com

좋은 독자가 좋은 책을 만듭니다.
김영사는 독자 여러분의 의견에 항상 귀 기울이고 있습니다.